# Trois équipes

**Gérard Agostini**

# Trois équipes

*Roman*

LE LYS BLEU
ÉDITIONS

ISBN : 979-10-377-8567-1

# Prologue

À Menton, ce matin quatre janvier 1965, trois banques et la poste dévalisées en plein jour, titrait Nice matin soir. Les radios interrompaient leurs programmes pour relater les faits, coup de maître ou coup de folie terroriste ? se demandait Léon Zitrone, journaliste vedette du journal télévisé du soir en relatant la revendication de l'OAS.

Menton, ce même matin, vers 10 h. Plus que deux heures environ à patienter, songeait Mathieu Vonner, dit « l'alsacien ». Assis dans la 403 Peugeot, c'est Dominique Murati dit « Corsico » qui pilote, ils quittent la petite ville de la Côte d'Azur. Le travail est fini, Simon et les gars arriveront à Nice aux alentours de 14 h, il n'y a plus qu'à attendre. Pour le moment, tout semble s'être déroulé parfaitement, ça devrait être le coup de l'année, se dit Mathieu, songeur. Il revoit sa jeunesse, la vie qu'il a menée jusqu'à aujourd'hui. Fils d'un médecin hospitalier strasbourgeois, il est né à Strasbourg en 1922, grand, 1,80 m, blond, yeux bleus tout à fait le type aryen. En 1940, après avoir brillamment réussi son baccalauréat, il commence des études de médecine. Malheureusement, depuis la défaite française de juin 1940, l'Alsace et la Lorraine, faisant partie du Reich allemand, il est incorporé, l'année de ses 20 ans, dans la Wehrmacht comme tant d'autres alsaciens et lorrains. On les appelait les « malgré nous ». En 1942, après ses classes en Bavière, il est affecté à une section de mitrailleurs et envoyé sur le front de l'est, dans la région de Leningrad.

Fin 1943, sérieusement blessé par un éclat d'obus dans la cuisse, près de la fémorale, il est rapatrié en Allemagne. En avril 1944, sa convalescence terminée, son unité est transférée en France sur le front ouest dans la région de Saint-Nazaire. En 1945, il est fait prisonnier par une unité anglaise. Une nuit, profitant de la désorganisation due au grand nombre de prisonniers, il réussit à s'échapper et à rejoindre Marseille pour s'engager dans la Légion. Il savait, par d'autres prisonniers, le sort réservé aux « malgré nous » par une certaine partie de la population française. Lors du siège de Saint-Nazaire, il récupère, sur un de ses camarades tombé au combat, sa plaque militaire au nom de Matthäus Kruger avec l'intention de la remettre à son officier, mais celui-ci est tué le même jour lors d'un nouveau bombardement. C'est sous cette identité qu'il se présentera, au centre de la Légion étrangère, celle-ci n'étant pas très regardante sur les identités. La guerre d'Indochine venait de commencer et l'armée française avait un gros besoin de soldats confirmés. Après des classes à Sidi Bel Abbes au sein du 1er étranger, où ses camarades lui donnent le surnom « l'alsacien », il part pour l'Indochine début 46, à Hanoi d'abord, puis à Cao Bang, dans le régiment du colonel Charton, et enfin dans le Delta. À la fin de la guerre d'Indochine, son régiment est transféré en Algérie. Il y reste jusqu'en 1960 où, après 15 ans de Légion, il fait valoir ses droits à la retraite. Son régiment devait être dissous l'année suivante après le putsch d'Alger fomenté par des généraux rebelles. Ses parents décédés dans un accident de la circulation fin 59, et plus rien ne le retenant en France, il apprend par des légionnaires partis avant lui, que l'on recrute au Congo « des mercenaires » pour assurer la protection de riches colons belges. Il se retrouve ainsi garde du corps d'un des propriétaires d'une mine de diamant. Début 62, lors de l'évacuation dans la panique de ce pays, ce colon est tué dans une embuscade sur le chemin de l'aéroport et les quatre hommes rescapés de la petite troupe réussissent à s'embarquer in extremis en emportant les sacs de diamants et quelques lingots d'or qu'ils étaient chargés de convoyer. Ce n'était pas très moral mais dans ces moments de débâcle totale, c'était vraiment chacun pour soi. Arrivés en Belgique, ils se séparèrent en partageant leur fortune et Mathieu se rendit à Anvers, chez un diamantaire, dont lui avait incidemment parlé son patron belge. Il put commencer à négocier une partie de sa fortune et vint s'installer sur la Côte d'Azur, à Menton.

Dominique Murati, dit « Corsico », est né à Propiano en 1916, ses parents étaient pécheurs. Pendant la guerre de 40, il est fait prisonnier et passe quatre ans dans un stalag en Bavière. À la libération, il retourne en Corse, mais la vie y est difficile. Alors, il décide d'aller tenter sa chance à Marseille et c'est là qu'il connaît un jeune truand déjà bien implanté dans le milieu, Pierre-Simon Tosi, plus jeune que lui. Ils montent quelques coups ensemble, à Marseille et à Nice, qui rapporteront suffisamment pour que Dominique décide d'arrêter et de s'installer en achetant un bar restaurant qu'il appellera le « Cum'in casa »[1] dans le quartier des musiciens, rue de Lulli à Nice. Son affaire marcha si bien que, quelques années plus tard, il la revendit pour acquérir son restaurant actuel, le « A casa Corsa » situé sur le port de Nice.

[1] Comme à la maison.

# Chapitre I
# L'improbable rencontre

Comme chaque dernier vendredi du mois, Mathieu Vonner avait dîné avec des amis presque tous anciens militaires, au restaurant la Poularde dans le vieux Nice où ils avaient leurs habitudes. À la fin du repas, à l'heure du cigare et des digestifs ils parlaient politique, et en cette fin d'année 1964 pas très éloignée de la fin de la guerre d'Algérie, entre les attentats de l'OAS et la prochaine élection présidentielle de 1965, les discussions étaient vives et animées. Vers 23 h, après avoir pris congé de ses amis, il regagna sa DS garée quelques centaines de mètres plus loin sur la promenade des Anglais. Il avait décidé de rentrer à Menton par la basse corniche, et de traverser toutes ces petites stations balnéaires endormies en morte-saison, Villefranche, Beaulieu, Eze, cap d'Ail, il faisait encore très bon en ce début de mois d'octobre, une sorte d'été « indien ». À la sortie de Cap d'Ail, il décida d'aller boire un verre au Café de Paris, situé juste à côté du casino de Monte-Carlo. Il passa devant le musée océanographique descendit sur le port remonta par l'avenue Sainte Dévote, dépassa le casino et il trouva une place assez facilement descente des « Spélugues » juste en face la brasserie de nuit le Tip Top. Mathieu aimait bien l'ambiance du Café de Paris où l'on peut côtoyer, aussi bien des joueurs invétérés, que de simples touristes qui viennent pour s'amuser sur quelques machines à sous ou au Black Jack. Il essaya quelques pièces dans un « bandit manchot », gagna 50 francs, puis alla s'installer en terrasse pour boire un perrier. Il avait besoin de faire descendre le riche repas bien arrosé qu'il venait de prendre avec ses amis. En buvant son verre, il songea qu'il n'était vraiment pas fait pour une vie de rentier, l'inaction lui pesait chaque jour un peu plus. Il venait de récupérer son véhicule pour se diriger vers Menton, quand il vit un jeune homme qui faisait du stop, celui-ci était en panne de voiture et souhaitait rentrer à Menton. Devant son teint pâle et sa mine abattue, Matt lui demanda si la panne était grave, il répondit du bout des lèvres et se tint muet presque jusqu'à destination quand soudain il se mit à sangloter.

— C'est si grave cette panne de voiture ? lui demanda Mathieu.

— Non ce n'est pas seulement la voiture il y a plus grave.

— Tu veux qu'on s'arrête boire un verre pour en parler, je pourrais peut-être t'aider, j'ai été jeune moi aussi (Mathieu avait eu 42 ans début octobre).

Après un moment de réflexion, le jeune homme accepta, et Vonner chercha un bar ouvert à Menton, il est toujours plus facile de parler devant un verre. Il se gara sur le front de mer et ils revinrent en marchant jusqu'au Quiny un des seuls établissements mentonnais ouverts toute la nuit. Ils s'installèrent en terrasse, Mathieu commanda deux babys pour essayer de calmer le jeune homme. Il s'appelait Patrick Vounters. La conversation fut lente à démarrer, il fallait lui tirer chaque mot, finalement il commença à se détendre et put enfin parler. Il chuchotait comme s'il craignait qu'on ne l'entende et Mathieu comprit plus tard quand il s'expliqua. Il venait de perdre 3000 francs au casino à la roulette et au Black Jack et il lui apprit, en retenant ses larmes, que cet argent n'était pas à lui, que sa vie était fichue, il perdit vite le fil de son monologue décousu puis brusquement se tut.

Mathieu lui demanda alors à qui il devait cette somme, peut-être qu'il pourrait l'aider, mais de nouveau grand silence.

— Tu ne peux pas demander à quelqu'un de t'aider, tes parents, des amis ?

— Ma mère pourrait, mais si je lui raconte ça elle mourra de honte !

Puis, à nouveau, il se tut. Matt fit resservir les consommations et Patrick, comme soulagé que quelqu'un l'écoute, se mit enfin à raconter. Il travaillait dans une banque, dont il tut le nom, et ce n'était pas 3000 francs qu'il avait perdus mais 20 000 francs en trois semaines. Cette somme, il l'avait détournée de la caisse de la banque en trafiquant les écritures comptables. Ce soir, comme chaque fois, il pensait se « refaire » et rétablir tous les comptes pour la fin du mois. Nous étions le 24 octobre. Son attitude désespérée et sa franchise avaient touché l'ancien légionnaire et dans un élan qu'il fut incapable d'expliquer il proposa à Patrick de l'aider. Le jeune homme se trouva tellement surpris qu'il allait se remettre à pleurer, mais il parvint à se retenir, en terrasse d'un bar même à minuit passé, ça semblerait louche.

— Tu travailles dans une grosse agence ?

— Oui la 2e par importance à Menton.

— Tu peux me dire laquelle maintenant, puisque je vais t'aider.

— BNCI, pas loin d'ici sur l'avenue Félix Faure.

— Je vois, ne t'inquiète pas. Voilà comment nous allons procéder Patrick, donne-moi ton numéro de téléphone, je t'appelle demain matin à 11 h. On ne se reverra plus mais j'aurais peut-être besoin de toi rapidement. Je te contacterai pour te donner l'occasion de me rembourser et même de gagner un peu de blé. À demain et ne fait pas de bêtises, tu peux avoir confiance.

— Merci monsieur, merci vous pouvez compter sur moi balbutia Patrick.

Vonner le raccompagna jusqu'à sa porte et rentra chez lui boulevard du haut Garavan. Il se servit un verre et sortit sur sa terrasse où, comme d'habitude, il admira la vue sur la baie, le port et le vieux Menton. Il avait acheté cet appartement sous son vrai patronyme en rentrant de Belgique en vendant une partie des diamants.

Puis il se mit à réfléchir à cette étrange rencontre et au pourquoi de sa proposition, même si pour lui les 20 000 francs n'étaient pas un problème, il espérait en faire un investissement. Il s'imagina braquer cette banque, juste pour l'adrénaline, et soudain, quelque chose lui revint en mémoire. Après avoir garé son véhicule pour aller au bar, ils étaient passés, dans l'avenue Félix Faure, devant trois agences bancaires et la poste. Et Patrick travaillait dans une de celles-ci. Sans y prêter attention sur le moment, cela avait « tilté » dans sa tête et ça venait de ressortir. Il essaya de voir ce qu'il pouvait faire de cette information, mais l'heure avancée lui fit remettre le sujet au lendemain. Le lendemain à 11 h, il descendit jusqu'à une cabine et il appela Patrick qui répondit presque aussitôt, il devait trembler de peur à l'idée Mathieu ne le contacte pas.

— Bonjour, Patrick, c'est moi, je vais t'expliquer comment nous allons procéder pour les 20 000 francs.

— Oui, Monsieur, répondit-il et Matt se rendit compte que lui-même ne s'était pas présenté, il n'avait même pas donné son prénom.

— Lundi matin, une femme brune, la quarantaine, avec une canne, viendra déposer l'argent à ton guichet, je t'ai décrit, elle te reconnaîtra sans problème. Tu feras semblant de lui ouvrir un compte, débrouille-toi pour que ça ait l'air crédible, ensuite tu pourras arranger tes écritures.

— Mais d'abord, explique-moi comment tu as pu cacher ces retraits d'argent, tu as bien dû les prendre sur des comptes clients non ?

— Effectivement, j'ai fait de faux jeux d'écriture mais malheureusement je dois réparer, la fin du mois arrive, et je vais changer de poste. Ça va être la catastrophe pour moi.

— Bien ! Je te recontacterai lundi soir vers 19 h, sois chez toi, je n'aime pas le lapin surtout à cette sauce-là, si tu as un autre rendez-vous, décommande-le immédiatement. J'ai enregistré la conversation donc ne joue pas au con, moi je sais où te trouver. Mathieu n'avait pas élevé le ton mais il était sûr de s'être bien fait comprendre. Patrick balbutia qu'il pouvait absolument compter sur lui. En raccrochant, il entendit un merci monsieur timide et apeuré, le jeune homme allait sûrement passer une mauvaise nuit en se demandant dans quelle panade il s'était mis. Pendant la nuit, Vonner avait mal dormi car l'idée d'un coup d'éclat à faire s'était imposée à son esprit. Il allait agir dans la journée pour tenter de le mettre en place. Vers midi, il prit son téléphone, appela son ami Ange Colombani en Corse, à Propriano, de la part de « l'alsacien ».

On lui demanda de rappeler le soir, celui-ci, absent pour une journée de chasse aux sangliers, était injoignable. Il se servit un apéritif sur la terrasse et patienta en regardant la mer couverte de bateaux par ce temps magnifique. Il déjeuna puis décida d'aller se baigner à la petite plage de Garavan, il avait toujours aimé l'eau un peu fraîche. Vers 17 h, il rappela la Corse et entendit enfin l'accent inimitable de son ami Ange.

— Comment ça va « l'alsacien », je te croyais mort, toujours sur le front ?

— Oh non mon ami tu sais bien que j'ai raccroché depuis un bout de temps, je mène une petite vie peinarde de retraité sur la côte, mais ça commence à me peser.

— Ne me fais pas rire ! C'est pour me parler de la Riviera que tu m'appelles ?

— Pas tout à fait, c'est d'abord pour savoir comment va mon ami dans son beau pays, et si je peux venir te voir pour parler du bon vieux temps.

Ange est un ancien de la légion comme lui, ils ont fait l'Indochine et l'Algérie ensembles au 1er RE. Il est bâti comme un taureau, pas très grand mais tout en largeur. Plus jeune, il exprimait une impression de force qui faisait peur. Il est originaire de Propriano, né en 1915 pendant la Grande Guerre, par miracle, son père en était revenu quasiment indemne et il avait repris son métier de pêcheur. Sa mère tenait une petite épicerie-restaurant sur le port, elle y cuisinait en partie la pêche de son époux. À 21 ans, à la suite d'une déception sentimentale, son père l'envoie à Marseille chez un cousin pour qu'il oublie. Mais Ange sur un coup de tête s'engage dans la légion au 1er RE au grand désespoir de ses parents et de ses frères et sœurs. En 1961, son bataillon est dissous à la suite du putsch des généraux à Alger. Comme Mathieu, il fait valoir ses droits à la retraite et rentre à

Propriano. Avec un bon pécule il agrandit le petit restaurant familial et mène depuis une vie paisible, entre pèche, chasse et son restaurant.

— Ange, je compte prendre l'avion demain matin pour Ajaccio, louer un véhicule pour venir à Propriano, je pense être chez toi pour l'apéro.

— Volontiers Mathieu, je t'attends, mon restaurant « U pozzu » est sur le port, je vais te préparer un repas de poisson dont tu me diras des nouvelles. Il fait un temps magnifique, on pourra se rappeler notre jeunesse. « Aora a dumani a mane amicu miu »[2] e pace salute.

— À demain, mon ami, répondit l'alsacien avant de raccrocher.

Il reprit son téléphone et appela l'aéroport pour réserver une place sur l'avion de 9 h pour Ajaccio. Puis il composa le numéro de son amie Brigitte Croos pour lui demander si elle pouvait passer chez lui dans la soirée. Elle avait une agence immobilière à Nice. Fille unique, ses parents avaient pu lui en financer l'achat. Comme depuis quelque temps le marché de l'immobilier marchait très fort sur la Côte d'Azur, elle s'était associée avec un agent à Monaco et un autre à Menton. Brigitte et Mathieu s'étaient rencontrés quand celui-ci recherchait un appartement. Elle lui en avait fait visiter plusieurs à Nice mais il avait été immédiatement enthousiasmé par celui de Menton. Lors de ces visites, ils avaient tout de suite sympathisé, puis s'étaient revus et étaient devenus amants. C'était une jolie jeune femme de dix ans sa cadette, toujours souriante et de bonne humeur. Au début de leur liaison, il lui avait raconté d'où il venait, son ambition de devenir médecin, son engagement forcé dans la Wehrmacht, les horreurs du front russe, la faim, la soif, la peur permanente, sa blessure, son engagement dans la Légion, l'Indochine, l'Algérie, et enfin le Congo. Puis son retour en France, riche mais pas particulièrement fier de la fin de son séjour africain et des horreurs qu'il y avait vues. Elle l'avait laissé se raconter et finalement lui avait dit que sa vie avait été gâchée sans qu'il n'y soit pour rien, et qu'il était juste qu'elle soit devenue clémente. L'année précédente, elle lui avait trouvé un appartement à Monaco, place des moulins, dans une tour, une très belle affaire. Il

[2] Alors à demain matin, mon ami.

l'acquit au nom de Matthäus Kruger, le patronyme sous lequel il s'était engagé dans la légion.

Tout de suite après la fin de la guerre, en 1945, il avait demandé, en Allemagne occupée, le renouvellement de ses papiers à ce patronyme, et vu le marasme ambiant qu'il y régnait, il avait obtenu au bout de quelques mois un passeport tout neuf. Vonner passa le reste de l'après-midi à penser son plan d'action tout en sachant que ce ne serait pas si simple. À 20 h, Brigitte Croos arriva, toujours aussi belle et attirante. Ils s'installèrent sur la terrasse devant un apéritif, et Matt lui expliqua ce qu'il attendait d'elle. Il allait lui donner 20 000 francs et elle devrait se rendre à la BNCI le demain matin et remettre cette somme à la personne qu'il lui décrivit. Elle le laissa expliquer puis acquiesça sans lui demander plus de détails, elle avait une totale confiance en lui. Mais lui, il tenait quand même à lui en apprendre un peu plus. Il raconta sa rencontre de la veille mais sans expliquer pourquoi il avait fait ça, ne le sachant pas encore vraiment lui-même.

— Demain, je prends l'avion pour la Corse, lui annonça-t-il en prenant l'apéritif, dommage que tu ne puisses m'accompagner, je vais voir un ami de longue date, un ancien de la légion et nous allons nous rappeler notre jeunesse.

Ils passèrent à table, Mathieu aimait cuisiner, il avait préparé un risotto, il savait que Brigitte adorait ça. Le lendemain, après une nuit plutôt courte, elle le conduisit à l'aéroport de Nice, au retour il prendrait la navette de l'aéroport jusqu'à Menton. Son avion décolla à 9 h précises, le temps était magnifique, il en profita pour s'assoupir une petite demi-heure et se trouva un peu plus en forme quand il arriva à Ajaccio. Il loua une 404 Peugeot chez Hertz et prit la route vers Propriano, subjugué par la beauté du paysage, cette mer toujours bleue, ces petites « calanques » abritées et cette odeur unique du maquis. Il arriva à Propriano, à 11 h 30, il pénétrait dans le restaurant de son ami. Après les accolades des retrouvailles, les deux amis s'installèrent, commandèrent l'apéritif et leur repas et discutèrent quelques instants de banalités, Ange ayant très bien compris que Matt ne venait pas seulement pour prendre de ses nouvelles.

— Aio amicu miu, que t'arrive-t-il ?

— J'ai besoin que tu me rendes un service. Il me faudrait, sur le continent, un gars sûr pour recruter trois équipes de trois gars, mais avant veux-tu que je t'explique pourquoi ?

— Oh non ! Ce que je ne sais pas je ne pourrais pas le répéter, tu es mon ami et tu as toute ma confiance.

— Donc un gars qui connaisse le milieu de Nice à Marseille, si possible, pas trop connu des condés évidemment. Tu as ça dans tes connaissances ? J'ai préféré venir, je n'aime pas le téléphone et puis j'ai eu le plaisir de te voir et d'admirer une fois de plus ton magnifique pays.

Ils changèrent de conversation pendant que le serveur apportait les entrées, du poulpe frit, puis des coquilles saint Jacques, un vrai délice. Ils savourèrent ce plat tout en parlant d'autres sujets, puis on leur apporta une dorade grillée et une autre bouteille de Patrimonio blanc et ils purent reprendre leur conversation.

— Je pense avoir trouvé ton gars, c'est comme moi un corse, un « paese » il est comme mon frère, dis-moi où tu souhaites le rencontrer ?

— Brasserie le Barthé à Nice en face la gare, demain soir vers 8 h si c'est possible. Je le ferai demander au téléphone, il y a une cabine juste en face l'établissement, ainsi je pourrai le visualiser pour notre rendez-vous.

— Aspetta[3], je vais essayer de le joindre tout de suite, profite de ce temps magnifique et finis-moi ce délicieux poisson, j'en ai pour cinq minutes.

Ange quitta la table et Matt se décontracta sous la douceur du soleil automnal de Propriano. La vue, du restaurant de son ami, sur le port et la baie de Propriano était magnifique.

Effectivement cinq minutes plus tard, il revint s'asseoir.

— C'est parfait pour demain soir, il s'appelle Dominique Murati, mais on l'appelle « Corsico ». Lui aussi préfère te rencontrer dans un endroit neutre, je lui ai dit, c'est pour mon ami « l'alsacien ». Tu peux

[3] Attends.

avoir une confiance totale en lui « è u miu fratellu di sangue »[4], Doumé est de Propriano comme moi, on s'est toujours connu ! au fait à quelle heure est ton avion ?

— À 17 h, je ne vais pas tarder à partir.

Matt sortit son portefeuille pour régler l'addition.

— Oh amicu miu ! tu es chez moi ici tu es mon invité. Je viendrai te voir quand tu auras bouclé ton affaire.et là tu me régaleras dans un grand restaurant. Pace e salute !

Mathieu récupéra son véhicule et repris la route vers Ajaccio, le soleil se couchait sur la magnifique baie et sur les Sanguinaires, c'était féerique. Il rendit le véhicule et embarqua dans la caravelle à destination de Nice. À 20 h, avant de rentrer chez lui, il appela Patrick d'une cabine.

— C'est moi, tu as un peu de temps, j'ai pas mal de précisions à te demander.

— Oui, je suis disponible, surtout pour vous.

— Comment ça s'est passé à la banque, tu as reçu l'argent, tu as pu rectifier tes comptes ?

— Oui, tout est fait, merci encore, vous m'avez sauvé la vie.

— Elle commence ta vie, idiot ! ne parles pas de ce que tu ne connais pas ! Je vais te poser quelques questions.

— Combien êtes-vous dans ton agence ?

— Nous sommes sept employés plus un chef d'agence.

— Où se trouve la salle des coffres et ferme-t-elle avec une grille ?

— En sous-sol, avec une grille, le directeur a la clé sur lui.

— Est-ce que quelqu'un est armé, par exemple le caissier, où se trouve le bouton d'alarme et où est-elle reliée ?

— Non pas d'arme et le signal est sous la caisse principale reliée au commissariat de Menton.

— Quelle est l'encaisse de ce type d'agence en période haute, par exemple au mois de février pendant la fête des citrons ou au lendemain des fêtes de fin d'année ?

---

[4] C'est mon frère de sang.

— 250 000 à 300 000 francs environ mais par exemple à la Banque populaire, ça doit être plus.

— Est-ce que c'est la Poste qui fait votre transfert d'argent et comment ça se passe ?

— Oui, il passe en fin d'après-midi et ils rentrent dans l'agence par l'entrée des employés.

— Tu es toujours au même poste ?

— Non, je ne connais mon affectation qu'en fin de mois pour le mois suivant.

— À quelle heure vous commencez le matin et donne-moi les horaires d'ouverture et par où entre les employés.

— Nous commençons à 8 h, c'est-à-dire qu'on arrive tous à entre 8h-1/4 et 8 h, l'agence elle ouvre à 8 h 30. À côté de l'agence, il y a un petit couloir qui ouvre dans un petit immeuble attenant de deux étages, où il y a une porte d'accès à la banque mais elle est blindée.

— Bien ! As-tu des amis dans d'autres banques autour de la tienne ?

— Pourquoi ?

— Ne poses de questions, contente-toi de répondre !

— Bien monsieur, oui j'en connais, Menton est une petite ville.

— Essaie de savoir où se situe leur salle des coffres et le nombre d'employés, l'accès des employés enfin tu vois, les mêmes questions que je viens de te poser, tu me diras ça à mon prochain coup de fil OK ? Patrick c'est tout pour aujourd'hui, continues ton boulot et ne fais plus l'idiot, si tout va bien tu seras récompensé pour tes tuyaux mais tiens ta langue.

— Oui, monsieur, comptez sur moi.

Mathieu n'aimait pas lui faire peur, mais c'était indispensable. La journée ayant été bien remplie, il regagna son appartement et appela Brigitte pour lui dire qu'il était bien rentré, dîna rapidement et après une douche se coucha rapidement. Le lendemain matin, il décida d'aller se baigner à la petite plage de Garavan, même si l'eau était fraîche, le temps était encore magnifique et ce bain lui ferait un bien fou. Il remonta deux douzaines d'oursins qu'il rapporta chez lui pour le repas de midi. Les coquillages et un petit verre de vin blanc le régalèrent.

La journée s'étira tranquillement et il se prépara pour son rendez-vous à Nice avec « Corsico ». Il arriva vers 19 h 30 au parking de la gare et par chance y trouva une place. Il s'installa dans un petit bar pas loin de la brasserie le Barthé, patienta jusqu'à 20 h, pénétra dans une cabine téléphonique en face de la brasserie et appela le bar. À travers la baie vitrée, il vit un garçon décrocher, demanda à parler à Monsieur Dominique, le serveur inscrivit le nom sur une ardoise et se déplaça dans la grande salle. Un homme grand, la quarantaine, se leva et vint prendre la communication.

— Allo « Corsico ».

— Iè (oui).

— C'est « l'alsacien », où veux-tu qu'on se retrouve ?

— Attends une seconde, je réfléchis ! Au bar le Masséna, il y a toujours du monde, les joueurs de l'OGC Nice le fréquentent, alors ça attire les curieux. Le temps d'y descendre, ça ira ?

— Parfait, à tout de suite.

Mathieu récupéra sa voiture et descendit l'avenue de la Victoire et trouva une place, rue Masséna, pas trop loin de son rendez-vous. Quand il entra dans le bar, Murato était déjà installé dans un petit box assez isolé au fond de la salle. Ils se saluèrent comme de vieux amis et commandèrent chacun un baby. Quand le garçon eut apporté les consommations, ils purent commencer à discuter.

— Comment va Ange ? Quelle chance il a d'être au pays ! s'exclama Dominique.

— Il se porte comme un charme, il est toujours le même. Il t'a un peu parlé de mon idée ?

— Juste ce qu'il fallait, tu le connais !

— Est-ce que tu pourrais en être ?

— Je te dirais ça quand tu m'auras fait un minimum le topo mais tu es un ami d'Ange et ça compte.

— Bon j'attaque ! il me faut trois équipes de trois hommes, ça tu le sais, si possible pas trop connu de la police, mais des pros, pas des fillettes qui s'affalent à la première contrariété. Des gars qui savent garder la tête froide en toute circonstance, pas des cow-boys non plus qui tirent à tout va, tu vois.

— Ça devrait se trouver, je peux chercher jusqu'où et as-tu une idée de ce qu'il y aura à se faire ?

— Tu peux chercher où tu veux pourvu qu'ils soient bons Il y aura sûrement autour du million nouveau, peut-être plus ce sera la surprise, et avec mon plan pratiquement sans aucun risque, si tes bonhommes sont à la hauteur de leurs réputations.

— Vas-y racontes !

Ils recommandèrent la même chose et Matt expliqua :

— Je te raconte depuis le début. Il y a quelques jours, je rentrais de Nice vers 23 h, j'ai pris un jeune gars à la sortie de Monaco, il était en panne. Une fois dans la voiture j'ai vu qu'il tremblait je lui en ai demandé la cause, il m'a dit qu'il venait de perdre 3000 frs au casino puis il s'est mis à pleurer. Je fais court d'accord ! En fait, il avait détourné 20 000 francs à la BNCI de Menton où il travaille et perdu cette somme en trois semaines. Crois-moi si tu veux, je ne sais pas ce qu'il m'a pris, je lui ai proposé de lui prêter l'argent, en me disant qu'avec les renseignements qu'il pourrait me fournir je me ferai sa banque. Puis, plus tard, en rentrant chez moi, quelque chose quelque chose m'est revenu à l'esprit. Sur le chemin pour aller au bar, j'avais remarqué qu'il y avait trois banques et la poste pratiquement dans la même avenue. Alors l'idée de les braquer toutes les quatre s'est imposée à mon esprit : chaque équipe de deux gars se fait une agence simultanément, puis ils montent à la poste. Qu'en penses-tu ?

Dominique réfléchit quelques instants et dit :

— Je vois où c'est, je connais assez bien Menton. Ange m'avait dit que tu étais quelqu'un de particulier et je confirme. As-tu déjà une idée de plan ?

— Pas complètement évidement, mais je peux t'exposer les grandes lignes si tu veux. Est-ce que tu en es ?

— A priori oui, vas-y racontes !

— Super ! Il me fallait absolument quelqu'un de confiance car la première chose à faire sera de neutraliser le commissariat de Menton en le braquant. Voilà à quoi j'ai pensé, on se présente tous les deux et sous un prétexte crédible, on neutralise le planton. Puis on emmène tout le monde au premier étage, j'ai déjà repéré les lieux un jour où j'étais allé déclarer la perte de ma carte d'identité, et on y reste le temps des braquages. Il faudra trouver quelque chose pour justifier la fermeture temporaire, environ deux heures, je pense. Alors qu'en dis-tu ?

— Tu sais combien ils sont sur place dans la journée les condés ?

— Il faut se démerder pour le savoir, mais pas plus de huit d'après moi, ce n'est pas un gros commissariat, Menton est une petite ville tranquille, dit Mathieu.

— Je m'en occupe. On pourrait avoir de fausses cartes de flics, ce sera plus facile pour entrer, et prétexter un contrôle de leur hiérarchie de Nice, du préfet ou une autre excuse. Ainsi on occupera leur transmission pour faire rentrer la patrouille en urgence et boucler tout ce beau monde. On devra aussi se grimer un minimum, perruques et lunettes de vue, ça devrait suffire. Je sens qu'on va se régaler.

— Tu vois je gamberge depuis des jours et je n'avais pas pensé aux fausses cartes.

Dominique resta pensif quelques instants le temps que le serveur renouvelle les consommations et s'exclama :

— J'y pense tout à coup, on pourrait garer deux véhicules la veille de l'attaque, si on peut devant ou pas loin des agences.

— Excellent ça, très bonne idée ! J'attends des nouvelles du petit banquier, il doit me donner les horaires d'ouverture, le nombre d'employés par banque, à quelle heure ils embauchent et par où ils pénètrent dans la banque. Pour la poste, il faut réfléchir, j'attends d'autres infos, parce que là il y a toujours plus de clients et de personnel. On en reparlera la prochaine fois. Je crois que l'on a pas mal avancé aujourd'hui qu'en dis-tu ?

— Tu as raison « l'alsacien », il faut aussi penser à la logistique, mais au fait, ça ne fait que six bonhommes, et la troisième équipe alors ?

— C'est la surprise ! Il est sûr et certain que ça va se savoir dans le milieu qu'un coup se prépare, tu es d'accord ? Quelqu'un qui recherche neuf bonhommes, avec tous les indics aux grandes oreilles qui traînent, tu vois ce que je veux dire. Voilà à quoi j'ai pensé « Corsico » ! J'aimerais lancer un leurre pour occuper les condés niçois, pour les envoyer chercher ailleurs.

— C'est génial ça Mathieu ! Il faut que je réfléchisse au meilleur moyen de l'employer, tu vois on a vraiment besoin de se revoir.

Ils finirent leur baby en parlant d'autres choses, des années que Vonner avait passé avec Ange, il lui expliqua d'où il venait, comment il avait atterri à la Légion, et comment il avait fini par sortir in extremis du bourbier congolais. C'est à Pierre-Simon Tosi que Dominique avait tout de suite pensé pour recruter les équipes. Les deux hommes se fixèrent un rendez-vous téléphonique pour leur prochaine rencontre, il était impensable de se revoir au même endroit, c'est Mathieu qui choisirait le lieu. Il était satisfait de sa soirée, avec « Corsico » ils étaient sur la même longueur d'onde sur la façon d'agir. Il monta vers les hauts de Cimiez où il devait passer la nuit chez Brigitte. Son duplex surplombait Nice et on y voyait au loin la mer qui brillait. C'est un quartier tout à fait pittoresque, très fleuri, avec des petites arènes, et de très belles demeures bourgeoises. Sa compagne l'attendait avec un bel apéro, et à l'odeur qui se propageait dans son appartement, elle lui avait sûrement préparé un plat qu'il appréciait particulièrement.

— Hummm ! ça sent très bon chez toi, que m'as-tu préparé ?

— Devine ! Tu devrais trouver facilement.

— Attends, je crois que tu as fait des coquilles Saint-Jacques à la provençale. C'est ça ?

— Gagné ! lui dit-elle en effleurant ses lèvres.

L'apéro achevé, ils passèrent à table et après des moules marinières, ils se régalèrent avec les Saint-Jacques. Le vin blanc aidant plus les babys qu'il avait bu, il se sentait un peu euphorique et Brigitte l'aida à passer une bonne nuit. Le lendemain, il se réveilla un peu pâteux, il resta un peu au lit en somnolant, Brigitte était déjà partie travailler en lui laissant un mot plein de tendresse. Vers 10 h, il se traîna jusqu'à la salle de bain et prit une très longue douche qui le remit rapidement sur pied. Après une tasse de café, il récupéra sa voiture au parking et reprit la route en direction de Monaco où il comptait s'arrêter pour voir son courrier et peut-être y déjeuner. Il arriva place des Moulins, pénétra dans le parking souterrain de son immeuble l'Europa et gara sa DS sur son emplacement réservé. Il prit l'ascenseur jusqu'au 12e étage et entra chez lui. Là, il redevenait Matthäus Kruger, il parlait l'allemand couramment, il n'y avait aucun souci avec ses voisins qui le prenait assurément pour un ressortissant de la RFA. Cependant, il précisait toujours qu'il pratiquait très mal le français. C'était un exercice assez périlleux mais pour le moment il s'en sortait très bien, tout le monde s'y laissait prendre. Il récupéra son passeport et redescendit au parking pour récupérer son autre véhicule, une Mercedes immatriculée en Allemagne dans le Länder de Munich. Peut-être que cette double identité lui serait utile ainsi qu'à Dominique en cas de coups durs après des braquages. Il fallait y réfléchir pour s'en servir peut-être comme endroit de repli. Il alla se garer sur le port de Monaco et se rendit dans un petit restaurant « Il Vesuvio » où il allait de temps en temps avec Brigitte, et là elle lui faisait travailler son rôle d'étranger comprenant difficilement le français. Il commanda une escalope « Vesuvio », ¼ de vin rosé et la patronne lui demanda avec un fort accent monégasque s'il allait bien, il répondit Ja, [5]bien, merci et cela n'alla pas plus loin. Tout en mangeant, il commença à réfléchir à la logistique, il n'osait pas prendre de notes mais espérait que ses réflexions iraient bien se loger dans un coin de son cerveau et qu'il pourrait les ressortir au bon moment. Tout d'abord deux voitures et un fourgon volés et maquillés deux ou trois jours avant la date. Ensuite les déguisements pour Dominique et lui-même et peut-être aussi pour les deux équipes. Puis, comment transporter cette masse de billets, il y aurait des coupures de toutes tailles ça prenait de la place et surtout comment faire puisque que chaque équipe allait braquer une banque plus la poste ? Il arrêta là ses réflexions, préférant rentrer pour pouvoir noter tout ça, ça commençait à faire beaucoup d'informations à retenir. Il demanda l'addition regagna sa Mercédès et rentra chez lui

[5] Oui.

à Monaco Arrivé dans son appartement il se servit un verre, alla s'installer au soleil sur la terrasse avec un bloc-notes, et se hâta d'y inscrire toutes ses idées. Puis il reprit sa réflexion en se disant que ça commençait à prendre forme mais qu'il y avait encore tant à organiser. Demander à Dominique à propos des coffres de particuliers, combien de temps faut-il pour en casser un, et est-ce que ça vaut le coup ? Mathieu pensait qu'il ne fallait pas dépasser deux heures à deux heures trente maximum pour les trois banques et la poste. Et le repli, c'est la question qui le perturbait le plus, il n'avait encore aucune idée ni du lieu ni de la façon de s'y retrouver et pourtant c'est là qu'ils auraient à compter les billets et à faire le partage. Mathieu aurait souhaité que ni Dominique ni lui-même n'apparaissent lors de ces deux actions, ou au mieux être présents sans qu'on ne les voie. Il ne connaissait pas les membres des trois équipes et il ne souhaitait non plus que ceux-ci les connaissent, on verrait plus tard si c'était possible. Il sortit pour appeler « Corsico » et lui fixer rendez-vous. Une voix féminine répondit :

— De la part de qui ?

— « L'alsacien » !

— Bien, je transmettrais.

Ayant jugé qu'il avait assez cogité, il se reposa, il était capable de s'endormir en quelques minutes seulement, une habitude qu'il avait prise en Russie quand il fallait profiter du plus petit moment d'accalmie pour récupérer. À 20 h, le téléphone sonna pendant qu'il préparait son repas, c'était Dominique.

— Comment vas-tu « Corsico » ?

— Pianu, pianu[6] mon ami, c'est un peu calme ce soir, et toi ?

— Comme un retraité, dis-moi quand es-tu libre cette semaine ?

— Demain si tu veux.

— Ça te dit de venir à Monaco au Tip top vers 16 h, tu vois où c'est ?

— Je vois, 16 h, c'est parfait, le service du restaurant se termine vers 14 h. À demain « l'alsacien » j'ai du monde qui arrive.

---

[6] Doucement.

Mathieu dîna et se coucha rapidement après un court coup de fil à Brigitte pour lui souhaiter une bonne nuit. Le lendemain, il allait à la pêche avec des connaissances de Monaco, il devrait jouer à l'allemand toute la journée, test difficile. Il lui faudrait toute son attention, mais il n'avait pas pu se dérober, il avait déjà refusé l'invitation plusieurs fois.

La journée de pêche se passa sans encombre, ils prirent quelques dorades, des petits sars, mais rentrèrent assez rapidement car il faisait assez froid en mer. Il regagna son appartement, se reposa tout en mémorisant sa liste, pas question qu'il l'apporte avec lui. À 15 h 45, il se gara dans une contre-allée en face du casino et descendit jusqu'au Tip Top. « Corsico » arriva à 16 h tapantes. Ils commandèrent deux pressions et après les salutations d'usage entrèrent dans le vif du sujet.

— Tu commences ! dit Dominique.

— OK, j'y vais : j'ai pensé à deux voitures pour transporter les gars jusqu'à Menton, une 403 Peugeot break comme celle de la police, l'autre peu importe, et surtout une sorte de fourgon comme celui qu'utilise la poste, ce serait génial. On le garera derrière la poste, ainsi les gars n'auront plus qu'à charger le butin dedans. Maintenant, comment transporter cette masse de billets en sachant que les équipes vont se faire trois banques et la poste ? Est-ce compliqué de casser un coffre de particulier, en estimant qu'il faudra agir en 2h30 maximum ? Et enfin où se replier pour compter et effectuer le partage ? Voilà pour le moment c'est tout.

— Dis donc « l'alsacien », tu as bien travaillé. Pour les coffres, il y a un gars dans une des équipes qui a déjà expérimenté la chose avec succès, je vais demander confirmation à mon recruteur ce soir. Pour le transport des billets, je ne vois toujours pas comment faire, surtout qu'on devrait en avoir un sacré paquet. Pour le break, il faudra lui mettre au dernier moment un jeu de plaques comme celles des flics. C'est très bien l'idée du fourgon postal, je vais voir ça.

Matt s'exclama soudain :

— Des grands sacs de sport, voilà ce qu'il nous faut ! Les équipes cassent une banque, déposent le sac dans la 403 garée devant les banques et montent se faire la poste. Toi tu quittes le commissariat tu récupères la voiture pendant qu'ils sont à la poste Chaque équipe peut faire ça non qu'en dis-tu ?

— Excellent, « l'alsacien » ! Pour le repli, il faudrait louer un hangar pour minimum un mois, pas trop exposé, on y rentre le fourgon et la 403, on compte les billets on partage et le tour est joué.

— Je pense que trois gars devront rejoindre le local par leurs propres moyens, si par malheur ils se font arrêter sur la route par les flics, un fourgon avec six gus à bord ça risque de faire bizarre, qu'en penses-tu ?

— On pourrait peut-être les déposer en ville pas loin du local et ils nous rejoindraient à pied ! C'est à voir ! dit Mathieu. Pour les billets il faudrait trouver une « compteuse » de billets sinon ça va être l'enfer de compter tout ça à la main, déjà qu'il va falloir trier ? Où trouver ça « Corsico » ?

— Je vais trouver, même si ce ne sera pas facile !

— Je m'occupe du local et toi de la machine à billets. Dis-moi Doumé, toi qui ne fréquentes pas le milieu, comment as-tu trouvé tous ces casseurs ?

— Je l'ai fréquenté à Marseille et c'est là que j'ai connu un « paese », qui lui y est toujours. Il m'a dit avoir fait un tri judicieux, des pointures pas trop connues des condés, même s'ils se sont fait alpaguer une fois ou deux, mais on ne peut pas opérer avec des enfants de cœur. Il s'appelle Simon Tosi c'est lui qui va diriger l'opération et conduire le fourgon postal jusqu'à Nice. Pour le leurre, il a trouvé le gars idéal, qui saura faire courir le bruit dans le milieu qu'on recherche neuf bonshommes. Une fille, qui travaille pour lui, est copine avec une tapineuse dont le mac est tenu par un inspecteur, pour une histoire de fausse monnaie, tu vois c'est un barbeau éclectique. Le recrutement va automatiquement arriver aux oreilles du flic par ce mac. Simon est sûr que son gars saura emmener les condés derrière lui jusqu'à Cannes sur la croisette devant les vitrines des bijoutiers et même au Casino. Ils feront semblant de faire des repérages en vue d'un braquage, surtout que c'est un spécialiste, dans le milieu on l'appelle « la joncaille ».

— Bon, je pense qu'on a fait le tour, il faut que je joigne mon petit gars de la banque à propos de la poste et de tout le reste, j'espère qu'il a la réponse sinon il va m'entendre

— OK « l'alsacien » on se recontacte rapidement, mais au fait quand as-tu prévu le coup ?

— Je pensais au premier lundi après les fêtes de fin d'année ou alors à la fin de la Fête des citrons je vais demander au petit banquier il doit savoir quand les caisses sont pleines.

— Ça marche, mais je vais garder l'information pour moi, on avertira les équipes le plus tard possible. « Pace e salute amicu miu ».

Ils se séparèrent satisfaits, Mathieu récupéra sa Mercédès et regagna son appartement à Monaco pour récupérer ses papiers français, sa DS et repartir vers Menton. Une fois chez lui il s'installa sur la terrasse, appela Brigitte et lui demanda si elle voulait venir dîner, puis descendit à la cabine pour appeler Patrick. Pas de réponse ! Il était à peine 18 h 30, il réessaierait plus tard. Brigitte ne serait pas là avant 20 h 30.

Il décida d'aller faire un footing d'une heure dans le parc du Pian, il le faisait ça un jour sur deux, ça le maintenait en forme et ça lui vidait la tête. Avant de rentrer chez lui, il appela Patrick d'une cabine.

— Bonsoir, Patrick, c'est moi, as-tu une réponse pour la poste ?

— Oui monsieur, il y a quatre postiers à l'arrière de l'agence, qui s'occupent des sacs de billets, mais personne ne porte son arme sur lui, en revanche la porte arrière est verrouillée de l'intérieur.

— Je vais réfléchir à ça ! Autre chose, quel est le moment où il y a le plus de fric, le premier lundi après les fêtes de fin d'année ou à la fin de la fête des citrons ?

— Je dirais à la fin d'année !

— OK petit ! Alors pour les questions sur les autres banques, tu as mes renseignements ?

— Oui, Monsieur. Au Crédit Lyonnais, c'est comme à la BNCI, une porte dans un couloir attenant pour les employés, ils embauchent à la même heure que nous et les horaires d'ouverture sont identiques pour les trois banques. À la Banque populaire, la porte d'accès des employés est derrière la banque dans une petite impasse très étroite.

— OK petit ! Tiens ta langue, je te recontacterai bientôt.

Plus qu'un mois à attendre, pensait Mathieu, et ils restaient encore quelques trous à boucher. La poste, le garage à trouver, comment et où le louer ? Il était temps de lancer le leurre ! Vonner appela Dominique pour qu'il s'en charge.

## Chapitre II
## Le leurre

Ce 15 décembre, Patrick Le Pennec, inspecteur principal 2ème échelon à la PJ de Nice, quitta son bureau vers 21 h. Comme il rentrait d'une semaine de congé, il avait eu à traiter des affaires en retard. Il était divorcé, ses deux enfants étaient chez son ex-épouse, personne ne l'attendait chez lui. Ce soir-là, après avoir dîné dans un restaurant du vieux Nice où il avait ses habitudes, il décida d'aller prendre un verre au « Chat noir », une boîte interlope où se côtoyaient homosexuels de tous bords, prostituées, souteneurs et petits truands, il y glanerait peut-être quelques tuyaux sur des coups en préparation, ou sur quelques truands en manque de « condé »[7].

— Bonsoir, inspecteur, je vous sers quelque chose ? dit Mario d'une voix efféminée.

— Bonsoir Mario, sers-moi un cognac, dis donc il y a du monde ce soir et du beau.

— Ça va, on ne se plaint pas, je vois que vous connaissez pas mal de têtes !

— Tiens ! Ce n'est pas Marie la fiancée du beau René Chambon là-bas sur le tabouret au bout du comptoir ? Elle est venue sans son hareng ?

— Il ne doit pas être loin. Elle est juste venue se réchauffer un peu, après elle retourne au turf.

---

[7] Permission accordée par la police à un interdit de séjour.

L'inspecteur prit son verre, longea le comptoir pour venir s'installer sur un tabouret à côté de la jeune femme.

— Bonsoir Marie, on se réchauffe un peu, pas terrible le temps ce soir pour tes jolies gambettes !

— Oh ! bonsoir inspecteur, je reste juste dix minutes, si René nous voit il va être jaloux.

— C'est ça, il va être jaloux ! Où est-il d'ailleurs, je lui aurais bien volontiers offert un verre !

— Il doit être chez Lucien, un troquet du cours Saleya, il tape souvent le carton avec des copains, vous savez il ne peut pas travailler à cause de ses bronches, alors il s'ennuie.

— C'est vrai j'avais oublié la tuberculose de sa jeunesse, je vais aller lui faire la surprise. Si tu l'appelles pour le prévenir je le saurais, alors je vous fais tomber toi pour racolage lui comme proxo.

— Bien sûr ! je n'y avais même pas pensé, inspecteur.

— Tiens réchauffes toi à ma santé, Mario combien je te dois pour les deux verres.

— C'est offert inspecteur !

— Pas question, combien ?

— Alors vingt francs mais c'était de bon cœur inspecteur !

— C'était bien essayé Mario, ciao !

Le Pennec quitta la boîte et décida d'aller à pied jusqu'au Cours Saleya, un des endroits les plus typiques de Nice avec ses arcades, son marché aux fleurs le samedi, ses poissonniers, et surtout sa spécialité la « socca », une fine pâte à base de farine de pois chiche et d'huile d'olive que l'on fait cuire sur une plaque chaude et qu'on déguste en prenant l'apéritif. Un régal ! À travers les vitres du troquet, l'inspecteur aperçut René Chambon en train de taper le carton.

— Bonsoir la compagnie ! dit-il en entrant, un court silence se fit dans la salle, puis la clientèle l'ayant reconnu, l'atmosphère se détendit aussitôt.

— Bonsoir, inspecteur, alors toujours sur la brèche, plaisanta Lucien, le patron du bar.

— Non, je me promenais j'ai vu de la lumière et quelques têtes connues alors je suis entré. Sers-moi un demi s'il te plaît.

— Avec plaisir c'est ma tournée, dit-il.

— Sers toujours on verra après ! alors, Chambon, ça gagne ce soir, tu ne joues pas ta paie au moins ?

— Bonsoir, inspecteur ! vous savez bien qu'on ne joue pas d'argent.

— Tant mieux, tant mieux ! Je viens de voir ta « fiancée » au Chat Noir, elle se réchauffait les jambes. Ce n'est pas un temps à laisser une jolie fille comme elle dehors avec ce froid !

— Je lui dis sans arrêt mais c'est une vraie bourrique.

Le Pennec discuta un long moment avec le patron de la vie, des affaires qui marchent mal, des taxes, des impôts et de l'éternelle politique.

— Tu vas finir par me faire pleurer Lucien, dit-il. Sur ces bonnes paroles, je vais vous laisser braves gens, combien je dois patron ?

— C'est pour moi, dit Chambon, d'ailleurs je ne vais pas tarder à partir aussi, je suis fatigué, cette fumée de cigarette me fait mal aux « éponges », je dois prendre un peu l'air.

Le mac avait compris le message, il finit la partie, régla ses consommations. Le Pennec sortit le premier et patientait depuis environ dix minutes plus loin sur le trottoir quand Chambon arriva d'un pas rapide.

— Suis moi René, on marche un peu. Dis-moi, je n'aime pas qu'on me prenne pour un con, je t'ai arrangé l'affaire pour tes faux talbins, depuis pas de nouvelles, si je n'avais pas rencontré ta gagneuse, je t'aurais presque oublié

— Ben, c'est-à-dire que j'allais vous contacter, j'attendais d'avoir dû « sur mesure ».

— Et tu en as du « sur mesure » ?

— Bien sûr, inspecteur !

— Alors craches ta valda, tu me fais bouillir d'impatience, en plus on se caille, allons jusqu'à ta voiture on pourra causer tranquille. Tu es garé loin ?

— Non à deux rues d'ici, vers la mairie.

Ils se turent le temps d'arriver à la voiture et une fois installés :

— Prends-moi encore pour une bille et je te fais tomber pour fausse monnaie. J'ai toujours ton dossier sous le coude, un juge pourrait être intéressé, faux talbins plus proxénétisme aggravé et je fais également embastiller tes gagneuses pour racolage et prostitution, pour toi c'est la totale.

— Pour la fausse monnaie, je me suis fait avoir monsieur l'inspecteur, vous le savez !

— Arrête ! je vais chialer ! allez, balances et que ce soit du solide sinon !

— Ok Ok ! un bruit court qu'un mec cherche neuf gus pour un coup.

— Neuf, rien que ça, ils comptent casser la banque de France tes gugus ?

— Je ne sais pas pourquoi je le jure, mais je sais qui est le gars.

— Pas mal, mais il faut tout te tirer bon sang ! C'est du mot à mot, tu es fatigant. Alors son nom !

— Michel Lefebre on l'appelle aussi « la joncaille », parce c'est un spécialiste des bijouteries !

— Où on le trouve ton bonhomme, où il fréquente ?

— Il paraît qu'il est souvent au bar Turin, rue des poilus vers la prison, et aussi au Masséna mais je n'en sais pas plus.

— Décris-le !

— Je ne le connais pas, mais ma « fiancée » est copine avec une de ses « filles », c'est d'elle que je tiens l'information.

— Tu vois quand tu veux mon petit René ! Allons voir ta Marie. Où elle tapine à cette heure ?

— La mairie, c'est trop tard, elle est sûrement sur la Promenade ou la Californie à cette heure.

— On y va, on va prendre ma voiture, je te ramènerai si tu es sage. J'espère pour toi que ça n'est pas un tuyau crevé, sinon au ballon tous les deux, vu !

Ils revinrent sur leurs pas pour monter dans la voiture de l'inspecteur et celui-ci prit la direction de la Promenade des Anglais, mais Marie n'était pas là.

— Elle doit être montée avec un client on va refaire le tour par la rue de France et la Californie, elle ne reste jamais trop longtemps avec un « micheton ».

Effectivement au passage suivant ils la virent devant le palais de la Méditerranée elle avait l'air transi.

— T'as pas honte de la laisser se geler non !

— C'est elle qui veut, je vous jure !

— Cesses de jurer, tu vas t'attirer le mauvais sort et dis-lui de monter.

— Monte, Marie, tu seras mieux avec nous avec ce froid.

Dès qu'elle fut installée, Le Pennec l'apostropha, il en avait assez de se faire promener par ce couple, il avait froid, sommeil et hâte de rentrer chez lui.

— Il paraît que tu connais un certain Michel Lefèvre, Marie ?

— Ah bon !

— Tu ne vas pas t'y mettre toi aussi, ton homme vient de me le dire.

— Mais oui, Marie, le copain de la « rouquine » s'exclama René.

— Ah oui je vois !

— Alors, soupira l'inspecteur, ça vient. Où est-ce qu'elle s'explique ta rouquine ?

— À peu près comme moi, Promenade, Californie, rue de France, Mairie.

— Donc elle te raconte sa vie et celle de son mac.

— Eh bien c'est-à-dire, elle m'a demandé si mon homme voulait monter sur un coup à Cannes, son « fiancé » cherchait des bras sérieux.

— Sérieux ! c'est le mot ricana l'inspecteur.

— Et qu'est-ce que c'est cette affaire à Cannes ?

— Ah ça elle l'a pas dit !

— Bien sûr ! Et que lui as-tu répondu ?

— Que mon homme avait pas besoin de ça pour bien vivre et qu'il était fragile, cause ses bronches.

— Bon j'en ai marre ce soir de vos tronches, si vous entendez quelque chose de plus précis, hein Chambon, tu sauras me prévenir j'en suis certain. Comment elle s'appelle cette rouquine au fait ?

— Mado !

— Merci ma belle et rentre te zoner tu vas geler ce soir. Je te ramène Chambon ?

— Merci Monsieur l'Inspecteur (il crevait de trouille) on va rentrer avec Marie, elle a sa voiture.

— Alors à très vite, les tourtereaux.

Le lendemain mardi, à son arrivée à la PJ l'inspecteur Le Pennec demanda à l'agent d'accueil s'il savait où se trouvait l'inspecteur principal 2ème échelon André Accardi.

— Il doit être en train de boire son crème chez Pierre, inspecteur.

— Merci brigadier.

Il sortit et se dirigea vers le bar en pensant à ce que lui avaient dit René Chambon et sa « gagneuse », pas bezef en fait, neuf gars et Cannes. On verra bien, se dit-il. Accardi était attablé devant un crème, en train de lire Nice matin.

— Salut l'ancien ça boome ! dit Le Pennec.

— Assieds-toi « breton », et toi ?

— Peut-être, j'ai eu un tuyau par un de mes indics cette nuit, mais je ne sais pas ce que ça vaut.

— Dis toujours, pour commencer la journée, ça peut nous booster.

— Michel Lefebre, tu connais ?

— « L'Estaque » ou « la joncaille » ? s'esclaffa-t-il. Si je le connais !

— « L'Estaque », « la joncaille », pourquoi André ?

— Parce qu'il est de Marseille et il a fait ses classes dans son quartier de l'Estaque et « la joncaille » parce qu'il est spécialisé dans les bijouteries. C'est un poisson de première, très difficile à ferrer. Je l'ai alpagué trois fois pour braquages ou casses de bijouterie et chaque fois il avait un alibi imparable, pourtant on l'avait travaillé mais le juge n'a rien pu faire. Il est tombé une fois à Toulon, il a pris trois ans. Il a aussi deux ou trois filles qui travaillent pour lui, mais là aussi, ce n'est pas facile de le coincer. Mais vas-y racontes on ne sait jamais !

— Il paraît qu'il est souvent au Turin ou au Masséna.

— Entre autres, alors tu la craches ton info ! Tiens, commande-nous deux cafés.

— Jeannot, deux serrés s'il te plaît.

— Ça marche !

— Donc mon indic et sa « fiancée » connaissent une des gagneuses de « l'Estaque » et il paraît qu'il cherche neuf gus affranchis, pour un coup, mais ils n'en savent pas plus, à part que ça se passerait à Cannes.

— Elle lui a balancé ça, en discutant ! Tu rigoles, Patrick !

— En fait, elle a proposé à mon indic s'il voulait en être.

— Et !

— Un hareng « casse-croute » comme lui, ça ne risque pas, il ne se mouille jamais.

— Il faudra bien que tu me dises qui est cet indic un jour ou l'autre. Bon, tu y crois toi à ce truc ?

— Il est trop con et il a trop peur que je le fasse plonger pour son histoire de fausse monnaie pour avoir inventé ça. Il sait que je le tiens par les « burnes », il n'oserait pas me balader ! Alors qu'en penses-tu, André ?

— C'est vague mais avec Lefèvre tout est possible. Viens, on monte au bureau et on va faire un tour aux sommiers pour voir les connaissances du beau Michel.

Accardi fit mettre les consommations sur sa note et ils montèrent au 3e étage pour consulter la fiche anthropométrique du Lefèvre en question. Ils y passèrent une bonne heure, connaissances, antécédents, etc. il y avait une photo assez récente qu'ils prirent avec eux et redescendirent à la PJ.

— On n'a pas beaucoup avancé mais on a déjà éliminé beaucoup de monde, il a beaucoup d'amis à l'ombre mais encore trop dehors, observa Accardi, on mettra le patron au courant si ça vaut le coup. Il va falloir le loger, essayer de le suivre et prendre le plus possible de photos. On verra qui il fréquente et on vérifiera au fichier Ça va faire du monde sur la brèche, ça bouge beaucoup ces gugus là.

— Peut-être en pistant sa rouquine, on pourrait le trouver plus vite.

— On va mettre deux gars sur lui, pour elle on verra plus tard. Tu as dit qu'elle tapine soit vers la mairie ou la Promenade et la Californie ?

— Affirmatif !

— Mets sur lui l'inspecteur stagiaire Legrand et Biggi le brigadier-chef et donne-leur la photo du gus.

— OK ! Ils commencent dès ce matin, le tout c'est déjà de le localiser. Il faut surtout qu'ils soient discrets, je vais insister là-dessus, précisa Le Pennec.

Il fit venir les deux policiers et leur expliqua le topo :

— Localiser ce Michel Lefèvre, surtout ne vous faites pas repérer, il est très malin, essayez de ne pas faire trop flics, il les renifle à un kilomètre. Faites un maximum de photos et trouvez ses autres points de chute. Commencez par le Masséna en fin de matinée, ça se lève tard ces gars-là. Si ça ne donne rien il faudra pister sa « gagneuse » Mado la rouquine, elle tapine autour de la mairie, sur la Promenade ou la Californie vous ne pourrez pas la louper on ne voit qu'elle, il paraît qu'elle est flamboyante. Voici une photo assez récente du gars. Rapport demain matin, on vous fera remplacer en début de soirée. Discret, discret, OK ?

— Bien sûr, inspecteur, à demain.

Ce 18 décembre, Vonner, se leva tôt, et après son café, il descendit à la cabine, pour appeler Dominique.

— Allo « Corsico » il faut se voir pour finaliser, qu'en penses-tu ? Tu as ce qu'il faut ? Il ne nous reste que quinze jours.

— Tout baigne, tu devrais venir chez moi au restaurant, on discutera au digestif, qu'en dis-tu ?

— OK, je viendrais avec mon amie, on pourra parler, elle est au courant de tout, un couple c'est mieux dans un resto c'est plus discret. Fais-nous la bise quand on arrive comme si nous étions de vieux amis.

— Parfait à midi alors, je vais vous faire un bon petit repas, je vais voir le chef.

Mathieu appela Brigitte pour qu'elle se rende libre et lui donna rendez-vous devant « A casa Corsa » à midi. En attendant il mit son survêtement et descendit courir sur le bord de mer par le parc du Pian puis il prit la direction du Casino, aller-retour environ 15 km, il faisait froid mais ça lui ferait du bien. Plus la date approchait, plus il avait l'angoisse d'avoir omis des paramètres importants. Ils allaient régler ça avec Doumè. Après une heure de footing, il remonta chez lui, prit une longue douche, se prépara. À 10 h 45, il monta dans sa DS et prit la route de Nice. Il eut quelques difficultés pour trouver une place pas trop loin du restaurant de son ami, mais il arriva « A Casa Corsa » en même temps que Brigitte.

— Salut les amoureux, dit Dominique en les embrassant.

— Salut « Corsico », il y avait longtemps, dis donc, mais nous sommes tellement occupés tous les deux.

— L'important c'est qu'on arrive à se voir. Je vous ai réservé ma meilleure table, à l'intérieur évidemment avec ce froid, mais avec vue sur le port quand même. C'est au premier, vous serez bien.

— Je vous ai fait votre menu, coquilles saint jacques provençales en entrée, loup grillé avec des petits légumes, une bouteille de Patrimonio blanc pour le reste on verra. Je vous fais servir deux Ricard avec quelques niçoises, et de la tapenade maison pour vous mettre en appétit.

— Parfait, Corsico, bois un verre avec nous.

— J'attends beaucoup de monde, ça ne va pas être possible, tout à l'heure pour le café et le pousse.

Effectivement, le repas était excellent, d'ailleurs le restaurant était quasiment plein. Brigitte et Mathieu prirent leurs temps pour déjeuner et pour la première fois elle osa lui demander pourquoi il s'engageait dans une telle aventure.

— Pour l'adrénaline, surtout pas pour l'argent, j'en ai largement assez mais je ne pense pas être fait pour cette vie d'oisif, de rentier, je n'ai que 42 ans. Heureusement que je t'ai sinon je serais sûrement reparti en Afrique ou ailleurs comme mercenaire… En fait, je n'ai fait que me battre pendant plus de vingt ans, je ne sais rien faire d'autre, on a pourri ma vie et mes ambitions. Je ne vais quand même pas reprendre des études de médecine à 42 ans.

— Parfois, tu me fais peur, mais je t'aime et je veux avant tout que tu te sentes bien, que tu sois heureux, murmura Brigitte.

Vers 14 h 30, Dominique put enfin venir s'asseoir à leur table. Il apporta les cafés et une bouteille de cédratine.

— Vous allez me goûter ça, provenance directe de Corse, leur dit-il.

— Hum ! C'est un régal, dit Brigitte.

— Il y a tout le parfum du maquis dedans. Bon, on attaque « l'Alsacien ».

— As-tu trouvé la machine et le fourgon, mon ami ?

— Pas sans mal pour la compteuse je l'ai dégottée à Marseille chez un mec sur, la camionnette de la poste est déjà à l'abri, on va la maquiller, on aura les plaques et les faux papiers, pas de soucis. Pour les coffres, mon « pays » dit qu'il faut compter entre cinq et dix minutes chacun. On verra comment ça se goupille le jour même. Et toi ?

— J'ai trouvé un local assez grand avec l'électricité pour la machine, à Nice, rue de Falicon. Je l'ai loué pour six mois comme garde-meubles, d'après l'agence c'est très grand on pourra même y rentrer les véhicules. C'est un prête-nom belge qui a effectué le paiement par mandat à partir d'une société anversoise qui n'existe pas, j'ai encore des connaissances en Belgique, des anciens du Congo. Pas de souci qu'on remonte jusqu'à moi. Il y a une entrée par l'avant et une par l'arrière, on ne sait jamais, si on doit se barrer en vitesse. Je dois visiter et récupérer les clés la semaine prochaine. Voici comment on pourrait procéder à Menton. Les gars mettent les sacs de pognon dans la 403, toi tu la récupères après avoir laissé le fourgon derrière la poste, tu passes me prendre au commissariat, et on file à Nice. Tosi, après la poste, charge les sacs dans le fourgon, garde deux gars avec lui, laisse les trois autres à la gare, et nous rejoint à Nice.

— Parfait « l'alsacien », comme ça en cas de pépins, le pognon est séparé dans deux véhicules. Bien qu'avec notre plan, on sera à Nice avant que les « condés » ne se réveillent. Et la poste ?

— Là, il y a un souci, la porte qui donne sur l'arrière est verrouillée jour et nuit et c'est dans cette pièce qu'il y a le gros du pognon. Je pense qu'il faudra que Simon et un autre de nos gars entrent par l'entrée principale, habillés en contrôleurs, qu'ils se fassent ouvrir et braquent les quatre postiers de l'arrière. Je ne vois pas d'autres moyens. Qu'en penses-tu ?

— Je vais en parler à Simon mais c'est sûrement la meilleure solution. Il nous faudra aussi des talkies-walkies pour donner le top départ le matin quand on aura réglé le problème du commissariat.

— D'après mon petit banquier, il faudrait taper à l'ouverture des banques le lundi après Noël ou après le 1^er^ de l'an c'est là qu'il y a le plus de monnaie.

— Faisons-le à pile ou face qu'en dis-tu ? Ce coup tu l'as monté sur un coup de dés, autant continuer.

— Pile, c'est Noël, dit Mathieu, Dominique jeta une pièce, ce fut face.

— Ce sera donc pour le 4 janvier au matin à l'ouverture. Il faudra venir garer les deux voitures la veille entre les banques comme nous l'avons prévu. S'il n'y a pas de place libre, les gars devront patienter jusqu'à ce qu'ils en trouvent.

— Normalement, les boîtes à lettres où les commerçants auront déposé les enveloppes de ce long week-end de trois jours devraient être bien pleines, ajouta Vonner.

— C'est le moment où les gens dépensent le plus, dans les commerces, les restaurants et les boîtes de nuit, ce serait malheureux ! Bien, il ne reste plus que le commissariat à voir. J'aurai de fausses cartes de flics plus belles que les vraies, une de commissaire au nom de Marc Loriot et l'autre inspecteur principal Lucien Suzzoni, je ferai le commissaire, il me faut une photo Mathieu.

— Tiens j'en ai une sur moi j'avais prévu. Écoute bien, Dominique ! Il faut absolument déposer tous les sacs du pognon des banques dans 403, et celui de la poste dans le fourgon, voilà ce qu'il faut que tu expliques à Simon pour qu'il le répercute aux deux autres équipes.

Mathieu lui donna toutes les informations fournies par le petit Patrick Vounters.

— L'idéal serait, mais tu verras avec lui, qu'un gars se planque dans ce fameux couloir, braque le premier banquier qui se pointe, se fait ouvrir, l'autre le rejoint et ils attendent que tous les autres employés arrivent, ils les neutralisent et après au boulot. Il faudra prévoir des colliers de serrage pour les immobiliser. Nos gus vident les caisses, le coffre de la banque et ils auront du temps pour fracturer les coffres des particuliers qui doivent être bien garnis. En comptant une heure max par banque, un quart d'heure pour les boîtes aux lettres et le coffre de la banque, ils pourront s'occuper pendant trois quarts d'heure de ceux des particuliers.

— Excellent amicu miu ! exulta Dominique, le temps que les condés de Menton se libèrent, on sera couché. Je pense qu'on trouvera au commissariat les menottes pour les pincer, chacun son tour non !

— Je crois qu'on a fait le tour « Corsico », du moins je l'espère. Tu me portes l'addition Dominique.

— Tu te moques de moi « l'alsacien », tu es sur mes terres ici, dit-il en éclatant de rire. « Pace e salute » on s'appelle rapidement ok ?

Vers 13 h Legrand et Biggi avaient logé Lefèvre, un très bel homme sapé comme une gravure de mode, alors qu'il entrait au Masséna sûrement pour l'apéro, malheureusement ils ne purent savoir qui il y rencontrait, n'osant pas entrer dans le bar. Ils s'étaient garés en face, de l'autre côté de l'avenue Masséna, mais grâce au téléobjectif les photos seraient excellentes. Ils photographièrent également tous les clients qui entraient et sortaient. À 14 h « l'Estaque », sortit du Masséna, s'arrêtant devant des vitrines pour essayer de repérer une éventuelle filature. Au bout de plusieurs minutes, il récupéra tranquillement sa BMW. Lefèvre avait senti qu'on le suivait sans pourtant repérer ses suiveurs, il démarra en direction de la Promenade en surveillant son rétro sans rien y voir de suspect et prit la direction de Cannes.

Legrand et Biggi qui suivaient de loin le virent s'arrêter à Cagnes sur le bord de mer, au bar de la plage, le Mogador où il retrouva deux inconnus. Les policiers se hâtèrent de prendre des photos, en pensant que malgré la distance on pourrait quand même distinguer leur visage. Nouvel apéro pour les truands, les deux policiers avaient faim, soif et la filature ne semblait pas devoir s'achever de sitôt. Les trois hommes quittèrent le Mogador dans la BMW de Lefèvre, et roulèrent en direction de Cannes pour s'arrêter finalement devant le Carlton, plus précisément devant la vitrine du bijoutier Van Cleef et Arpels. Ils descendirent, se prirent en photos à tour de rôle devant la vitrine, regardèrent longuement les bijoux exposés. Plus loin ils firent de même devant chez Chaumet, puis filèrent jusqu'au Casino et enfin reprirent la route en direction de Nice. Les deux policiers se laissèrent distancer dans Cannes et abandonnèrent la filature de peur de se faire repérer.

Lefèvre et ses deux acolytes, Paul Colombani et Marc Véran éclatèrent de rire quand ils virent les deux flics abandonner la « filoche ». Ils avaient ferré le poisson, les deux condés auraient de quoi raconter à leurs supérieurs. Legrand et Biggi rentrèrent à Nice pour rendre compte, se restaurer et se désaltérer. Ils montèrent voir Le Pennec qui était en train d'interroger un blouson noir qui venait de commettre un vol à l'arraché et s'était fait prendre quelques centaines de mètres plus loin par une patrouille. L'inspecteur se fit remplacer par un brigadier pour finir le PV et demanda au duo de le rejoindre au bar, il se doutait qu'ils avaient dû sauter le repas. Une fois la commande passée, sandwichs pour tout le monde et demi de bière. Ils attendirent leur commande avant de rendre compte.

— Alors les gars cette balade ?

— Il nous a bien promenés, Nice, Cagnes où il a récupéré deux gus, on les a en photos, peut être que vous les connaissez, et finalement Cannes, mais ça valait le coup précisa Legrand. Il a quand même fait plusieurs détours mais on ne sait pas s'ils nous ont repérés.

— Il est très fort le beau Michel pour flairer la « poule », ne vous inquiétez pas on ne le saura que trop tard ou jamais. Quand on aura fini la bouffe, on monte au labo pour voir les têtes de ces messieurs.

Les trois policiers finirent leurs sandwichs et montèrent au troisième étage de la PJ, au labo photo.

— Salut, Marcel, tu peux nous tirer quelques portraits, ça urge !

— Ça urge toujours avec toi « breton », vas-y envoie les pellicules et repasse dans une heure.

— OK, on descend voir le « vieux », sonne-nous quand c'est prêt.

— Il va être content Accardi quand il saura que tu l'appelles le vieux.

— Brr ! J'ai peur. Allez, on y va.

Les trois policiers descendirent voir l'inspecteur principal qui se fit raconter par le duo leur journée de filature.

— Vous dites qu'ils se sont photographiés devant des bijouteries, s'exclama Accardi.

— Oui, deux par deux ou seul, comme des touristes, puis ils sont restés un bon moment à regarder les vitrines des joailliers Van Cleef & Arpels et Chaumet, puis ils ont tiré jusqu'au Casino.

— Ce n'est pas pour rien qu'en plus de « l'Estaque » on dit aussi la « joncaille ». Ils comptent casser les deux bijouteries et le Casino, rien que ça ? C'est sûrement pour ça qu'il faut neuf bonhommes.

— Il s'en est déjà fait quelques-unes, mais on n'a pu le faire tomber qu'une fois Monsieur alibi, ça n'est jamais lui le pauvre ! Quand même le Casino c'est un gros morceau !

Le téléphone intérieur sonna.

— Allo, oui c'est moi, c'est prêt, OK on monte. Marcel a fini, on y va, dit Le Pennec.

Tous les quatre se retrouvèrent au labo, de plus en plus certains qu'un gros coup se préparait, aussi spectaculaire que les bijoux de la Begum en 53. Accardi était encore jeune à l'époque et il avait suivi l'affaire de loin.

— Alors Marcel, ça boume ?

— Et toi le vieux ?

— Arrête, tu n'es guère plus jeune que moi, dit-il en riant. Allez, montre-nous tes œuvres.

Marcel montra une trentaine de photos suspendues à un fil, elles étaient à peine sèches. Tous les quatre se penchèrent :

— Oh le stagiaire, isole-moi Nice, Cagnes et Cannes qu'on y voit plus clair.

— Avec précautions elles sont à peine sèches ! s'écria Marcel.

Legrand s'exécuta délicatement et reprit sa place autour de la table. Accardi et Le Pennec commencèrent par étudier celles du Masséna. Personne ne parlait. Après un long moment, ils passèrent sur les photos de Cannes.

— Ah, voilà enfin des connaissances, il me semble, dit Accardi. Passe-moi une loupe, Marcel, pour que je sois certain, le petit là c'est sûrement le corse Ange Colombani et l'autre, attends, voilà ça y est ! C'est Véran le stéphanois, beau duo de casseurs ces deux-là. Mais ce ne sont pas des braqueurs de gros volume, même s'ils touchent un peu à tout, à moins que le Casino, soit pour les deuxième et troisième équipes. Vous avez bien bossé les jeunes. Le tout c'est de savoir s'ils vous ont repérés, tant pis, on va changer d'équipe de filature.

— Il nous faudrait plus de monde, dit le « breton », il faut en parler au patron et ne pas lâcher « l'Estaque ».

— Une équipe au Masséna et autre chez Lucien et encore des photos. Tu vas avoir du taf, mon Marcel. Ils vont sûrement taper pendant les fêtes, c'est là qu'il y a les plus belles marchandises, et plein de fric à la roulette, ils nous restent environ quinze jours.

— Legrand et Biggi chez Lucien, ça les changera un peu, je vais monter voir le patron pour qu'il nous autorise une autre équipe, en espérant qu'on ne se plante pas, sinon ça va être pour mes pieds, plaisanta Accardi et les tiens « breton ».

Le commissaire Christian Noël rechigna un peu et finalement détacha deux inspecteurs du dépôt de plaintes, mais pour une semaine seulement, précisa-t-il.

— Choisis toi-même André, j'espère pour nous que ça n'est pas une embrouille.

— Je te rends compte tous les jours Christian si tu veux ?

— On peut se revoir dans deux jours, je te laisse gérer ça.

Accardi descendit aux plaintes, demanda à deux inspecteurs, prévenus par le commissaire, de le suivre et leur expliqua le topo devant les autres.

— Demandez à Legrand et Biggi de vous briffer et je compte sur vous pour ne pas vous faire repérer.

— Voyez avec le garage pour avoir un véhicule qui ne fasse pas trop flic et montez voir Marcel pour un appareil photo. Au boulot vous quatre et rapport ce soir ou avant si ça bouge vraiment ! Prenez de quoi manger et boire, ça risque d'être long, je ne pourrais pas vous faire remplacer de la journée.

Pierre-Simon Tosi avait rendez-vous avec Lefèvre au Masséna à 13 h ce 19 décembre pour un dernier point. Il s'installa au fond de la salle vers 11 h 30, il avait pris soin de modifier un peu son apparence, sachant que celui-ci était sûrement suivi. Épaisses, lunettes de vue, casquette, pardessus usé, il devrait pouvoir faire illusion. Il commanda un café et se mit à lire Nice matin, on parlait déjà de la prochaine présidentielle de décembre 1965, on peut dire que les journalistes n'étaient pas en retard.

Pierre-Simon Tosi est né en 1930 à Occiatana, un village perché de Balagne, dans une famille de bergers, il a deux frères et trois sœurs. À 18 ans, il devance l'appel pour son service, qu'il effectue à Marseille à la caserne du Muy, où il s'ennuie pendant 16 mois. À la fin de son temps, il décide de rester à Marseille et se met à fréquenter le milieu corse, qui le trouve très doué et l'aide à monter quelques petits casses, puis d'autres affaires plus juteuses. C'est à cette époque qu'il rencontre Dominique Murati pour quelques coups particulièrement fructueux.

À 13 h 15 Lefèvre arriva, toujours sous l'objectif des policiers, s'installa au comptoir pour boire un anis puis au bout de vingt minutes vint s'asseoir à la table derrière Simon.

— C'est pour le 4 janvier au matin, dit Tosi en chuchotant. Aujourd'hui, trouve quatre autres gars pour que les flics croient à la

2e équipe, laisse-les prendre des photos. Arrange-toi pour que les condés arrivent à te suivre jusqu'à Cagnes, ce serait bien que tu les perdes un petit moment aujourd'hui, ils sauront bien te retrouver devant le Carlton. Le 2 janvier, ne dors pas chez toi, ne te montre nulle part, ça va les rendre fous les poulets, pigé ? Pierre-Simon s'était bien gardé de mettre Lefèvre au parfum pour le projet de Menton, d'ailleurs celui-ci avait respecté son silence, et il l'apprendrait bien assez tôt.

« L'estaque » avait renoncé aux braquages et aux casses depuis un moment, il était devenu un julot « casse-croute », mais ça lui convenait.

— C'est pigé, on va sûrement se faire embarquer le 4 janvier mais on aura bien rigolé, ciao, conclut Lefèvre.

Tosi quitta le bar, monta dans un bus et disparut pour se mettre au vert à Marseille jusqu'au dimanche trois janvier. Lefèvre passa les deux heures suivantes à discuter avec le patron et des connaissances de comptoir, puis il récupéra sa voiture, toujours suivi par les inspecteurs, se dirigea vers le Cours Saleya, et il entra à la pizzeria chez Fanfan où il avait ses habitudes. Il commanda un anchois et ¼ rosé, et descendit au sous-sol pour téléphoner.

— JP amène-toi chez Fonfon avec Dominique et deux autres gars, j'ai du travail pour vous, tranquille et bien payé.

À 18 h « l'estaque », les deux frères Lourmi et Pierre Pisani et Ahmed Djerroud prenaient la route de Cannes, toujours suivi de loin par Molzino et Diaz. À l'entrée de Saint-Laurent-du-Var il se cala devant un camion remorque et au dernier moment prit la 1re sortie le Cros-de-Cagnes pour une première rupture de filature, mais au bout de deux minutes il repéra à nouveau la voiture banalisée, il traversa la vieille ville par des rues étroites qu'il connaissait comme sa poche, pénétra sous un porche et une minute plus tard il vit passer la dauphine des policiers. Il attendit cinq minutes et reprit sa route vers Cannes, et tous les cinq refirent le même manège que la fois précédente, persuadés que les policiers seraient là à prendre des photos. Les deux inspecteurs poursuivirent leur route jusqu'à Cannes, et devant le Carlton, ils virent les cinq malfrats qui les avaient semés, devant la vitrine de Van Cleefs & Arpels. Une fois les photos prises, mais rageurs d'avoir perdus les quatre truands pendant quelques instants, les policiers, abandonnèrent la filature et retournèrent planquer pas loin du Masséna. Lefèvre reprit la route de Nice et déposa ses cinq acolytes dans le centre, sa journée était finie, tout avait bien marché. L'inspecteur Molzino entra dans une cabine et téléphona à Accardi pour rendre compte.

— Restez jusqu'à 20 h et rentrez chez vous, ils sont forts ces fumiers. Vous êtes allés jusqu'au Carlton pour les photos ?

— Évidemment, dit Molzino mais on ne sait pas ce qu'ils ont fait après nous avoir semés, peut-être le Casino Je me demande ce que c'est que cette entourloupe, surtout qu'il y avait Lefèvre et quatre nouveaux qui n'étaient pas sur les photos que tu nous as montrées.

— Oh putain ! C'est sûrement une partie des 2e et 3e équipes, ils vont nous rendre chèvre ! Même s'ils ne vous ont pas repérés, ça fait deux fois qu'on se fait baiser, j'espère qu'il n'y aura pas de troisième fois. Vous avez les photos de ces nouveaux au moins ?

— Ouais, mais on était loin. Au Cours Saleya, ce n'est pas facile de planquer sans se faire repérer, celles de Cannes seront sûrement meilleures. André, j'espère que Marcel pourra faire des miracles.

— Ok Gérard ! Demain matin, on débriefe les deux équipes.

— À demain, André, et encore désolé de les avoir perdus.

Le soir même vers 20 h 30 Molzino apporta la pellicule à Marcel Sylvès, celui-ci ne semblait pas avoir de maison, quelle que soit l'heure il était là.

— Je suppose qu'il te le faut pour hier, j'ai déjà eu celle des deux autres.

— Demain 9 h, ce serait parfait.

— C'est gentil, tu me laisses la nuit, trop gentil vraiment !

Le lendemain matin vers 8 h, après le café, tout le monde se retrouva au labo de Marcel Sylvès. Il avait étalé toutes les photos de la veille sur la grande table. Les policiers les regroupèrent par ville et sans un mot tous commencèrent à les étudier.

— Molzino, montre-moi les quatre nouveaux gars, demanda Accardi.

— Voilà, ce n'est pas terrible de loin.

— Tu ne peux pas agrandir, suggéra Le Pennec ?

— C'est déjà fait, mais les photos sont prises de loin.

— Trouve-moi une loupe, peut-être qu'avec ça !

— Tiens, dit Marcel.

— Attends ! je crois que j'en reconnais au moins deux s'exclama Le Pennec, André peux-tu demander à un ou deux gars de la mondaine de monter les deux étages ils pourront confirmer si ce sont ceux à qui je pense.

Accardi par le tanoï[8] appela le 1er étage :

— Bonjour, commissaire, c'est Accardi, est-ce que deux de tes inspecteurs pourraient monter au labo pour cinq minutes, pour une identification s'il te plaît ?

— Je t'envoie le Brigadier-chef Sylva et l'inspecteur Antoni tout de suite.

— Merci, Jacques, on te revaudra ça.

Dix minutes plus tard, les deux policiers passaient les photos en revue.

— Regarde plutôt ces deux gars, dit Le Pennec, je pense qu'il s'agit des frères Lourmi, Jean-Pierre et Dominique non ?

— Exact, dit l'inspecteur de la Mondaine, des demi-sels, un peu macs, qui font aussi dans les faux talbins mal imités d'ailleurs, quelques braquages et un peu de racket à la petite semaine aussi, des « touche à tout ». Je me demande ce que la « joncaille » fout avec des zozos pareils.

— Tu crois qu'ils peuvent monter sur un braquage de bijouterie ou du Casino de Cannes ?

— Alors il faudrait qu'ils aient drôlement changé, non franchement j'en doute, pourquoi ?

— Avec le beau Michel et un autre gars, ils sont allés à Cannes repérer deux bijouteries devant le Carlton et le Martinez puis au

[8] Interphone intérieur.

Casino. On nous a balancé le tuyau que trois équipes auraient l'intention de se les faire incessamment. Ça vous dit quelque chose les deux autres sur les photos ?

— Non, inconnu pour moi, je ne connais pas ces têtes, ils ne doivent pas être du coin, dit Antoni.

— Bon verra plus tard, coupa Accardi.

— Vous connaissez l'autre équipe ? demanda Sylva.

— Paul Colombani et Marc Véran, le Stéphanois, répondit Accardi.

— Eux je dis oui des vrais braqueurs, ces deux-là seront sûrement pour la « roulette » mais les deux Lourmi j'ai un gros doute.

— Merci les gars, on vous tient au courant de toute façon, dit Accardi. Putain qu'est-ce qu'il nous fait « l'estaque » ! On descend voir le patron « breton », attendez-nous là les gars.

Le commissaire les laissa s'expliquer, puis :

— On a commencé, on est obligés d'aller au bout André, il ne faut plus les lâcher, je vais demander à la mondaine de nous filer un coup de main, et si on se fait baiser on saura assez tôt pourquoi ils ont fait tout ce micmac.

Accardi et Le Pennec remontèrent au labo, et l'inspecteur principal demanda à revoir toutes les photos prises ces derniers jours. À l'aide de la loupe, il les examina soigneusement une à une et soudain s'arrêta sur une des dernières prises au Masséna.

— Oh putain ! Mais je connais cette tête-là ! s'écria-t-il ! Il a mis des lunettes et une casquette, mais même mal fringué comme il est je le reconnais. Son allure est caractéristique, c'est notre ami Pierre-Simon Tosi, une pointure celui-là. Vous l'avez vu parler avec Lefèvre, ne serait-ce qu'un instant ?

Les deux inspecteurs de la Mondaine répondirent par la négative.

— Putain ce n'est pas possible ils se connaissent comme cochons en foire ces deux-là ! Molzino, monte au sommier et redescends-moi sa fiche. C'est sûrement lui qui a monté le coup, sinon pourquoi serait-il déguisé et le même jour au même endroit que le beau Michel, dites-moi ?

Au bout de dix minutes, Molzino rappliqua avec la fiche et la tendit à Le Pennec.

— Tu as raison André, ils sont même tombés ensemble pour le casse d'une bijouterie rue Grignan à Marseille, et pour une fois on a pu les confondre.

— Il faut me le trouver et ne pas le lâcher d'une semelle, je vais demander plus de monde. Le Masséna, « chez Lucien » rue des poilus, chez « Fonfon » cours Saleya, « Au son des guitares » sur le port, c'est par là qu'il fréquente le Simon, démerdez vous il faut me le loger, sinon s'il casse à Cannes on va avoir l'air fin. Il faut aussi appeler l'Évêché à Marseille pour qu'ils essaient de nous le trouver. Continuez la filoche de Lefèvre, jours et nuits, je monte voir le patron, parce que là on tient un gros poisson ou alors je n'y comprends plus rien.

Le commissaire accorda deux équipes de plus, lui aussi, avait compris que l'affaire était sérieuse. Ce fut un branle-bas de combat au commissariat on n'avait pas vu ça depuis longtemps. Faire tomber Tosi et Lefèvre sur le même coup, c'était inespéré. Les fêtes allaient être gâchées pour tous les gars, mais c'était leur boulot, les femmes et les enfants des policiers les passeraient sans eux.

Mathieu Vonner passa la semaine de Noël avec Brigitte, ils réveillonnèrent avec ses parents et retrouvèrent des amis pour le réveillon du 1er de l'an aux « Frères de la côte » à Roquebrune dans le cap, une boite à la mode. Le patron de la boîte est également propriétaire du restaurant le Pirate, un restaurant fréquenté par des gens très connus du showbiz et de la haute société. Le prince Rainier de Monaco y va quelques fois dîner avec son épouse.

# Chapitre III
# 4 janvier 1965

Le 2 janvier, dans l'après-midi, six hommes étaient réunis dans un appartement du vieux Nice. Il y avait là, Pierre-Simon Tosi, Yvan Chardon, José Ramos dit « la tchatche », Hubert Stems dit « le Belge », Robert Tronéro et Georges Fagre. C'était la première fois qu'ils se réunissaient tous les six, Tosi devait leur donner les dernières instructions. Certains se connaissaient, d'autres non, mais entre truands on sympathise vite surtout quand on monte sur un coup.

— C'est pour après-demain matin à Menton, nous y partons demain matin à 6 h, ce soir tout le monde reste ici, cet appartement est sûr. Les deux voitures, l'ID19 et la 403 sont garés en bas. Il s'agit de se faire trois banques et la poste, tout ça dans un secteur de 300 mètres. Il n'y aura aucun danger que les « condés » s'en mêlent, une autre équipe s'en occupe. Bonne nuit les gars, il y a de quoi boire et manger, mais essayez de ne pas trop picoler.

Au matin du 3 janvier, les deux équipes arrivèrent à Menton. Les six truands durent patienter une bonne heure avant de trouver les places de stationnement adéquates. Les sacs de sport contenant les armes et le matériel se trouvaient dans le coffre des véhicules. Vers 11 h, une fois les voitures garées, les gars se séparèrent pour se balader un peu, puis allèrent réserver des chambres dans trois hôtels différents, en se présentant comme des responsables d'Escota, la société qui allait construire l'autoroute entre Nice et Menton. La journée du lendemain promettait d'être longue et difficile, les hommes avaient besoin de prendre du repos.

Le 4 janvier, Dominique avait prévu de prendre la route tôt le matin avec le fourgon postal et de retrouver Mathieu rue Partouneaux pas loin du commissariat. À 7 h, il gara le fourgon derrière la poste dans une petite rue, et monta tranquillement à pied retrouver Mathieu. Celui-ci, un feutre sur la tête, des lunettes de vue teintée, une barbe bien fournie qu'il avait laissé pousser depuis un mois et un petit coussin sangler sur son ventre lui donnant un léger embonpoint. Il était méconnaissable. « Corsico », lui, portait une casquette, des lunettes de vue et une moustache de quelques jours. À 7 h 20, ils pénétraient tranquillement dans le commissariat.

— Bonjour brigadier, dit Dominique, je suis le commissaire Loriot de Nice et voici l'inspecteur Suzzoni. Votre commissaire est là ?

— Oui, il vient d'arriver, il est au 1er dans son bureau.

— Vous vous appelez ?

— Pierre Figer monsieur le commissaire.

— Vous avez un véhicule de patrouille qui tourne en ce moment, dit Dominique.

— Non, commissaire, ils sont en haut, ils vont partir en milieu de matinée.

— Bien restez à votre poste, on monte, si on a besoin de vous on vous le fera savoir, il y a une ligne intérieure ici ?

— Oui, monsieur le commissaire.

Les deux acolytes montèrent l'escalier et pénétrèrent dans une salle, plutôt sombre même, lugubre, occupée par plusieurs vieux bureaux portant des machines à écrire, et des meubles à classeurs métalliques. À voir cet environnement, on pouvait se douter que ce n'était dans ce commissariat qu'on devait traiter des affaires importantes. Tous les occupants étaient debout en train de boire le café et occupés à se raconter leurs fêtes de fin d'année.

— Bonjour, messieurs, nous vous souhaitons une bonne année 1965, dit Dominique, je suis le commissaire Loriot et voici l'inspecteur principal Suzzoni. Où se trouve le commissaire Balgard ?

— Ici, bonjour messieurs, meilleurs vœux à vous aussi, dit un homme rondouillard avec un fort accent pied-noir, surement pas loin de la retraite. Que puis-je pour vous ?

— Nous sommes mandatés par la Direction de Nice, pour un contrôle de votre commissariat.

— Aujourd'hui, juste après les fêtes, pourquoi ? s'insurgea Balgard.

— Ce n'est pas nous qui choisissons commissaire, dit Dominique d'un ton qui n'admettait aucune réplique. Vous n'êtes pas très nombreux, dirait-on ?

— Justement, nous parlions justement de ça en prenant le café, nous avons trois agents malades, il y a une épidémie de grippe en ce moment, et un inspecteur en repos, rétorqua Balgard.

— Donc vous êtes tous là, dit « corsico », qui doit partir en patrouille ?

— Deux mains se levèrent, c'est nous, brigadier Marcel Bramis, et l'agent Raymond Peliccia. Nous comptons sortir en milieu de matinée, ce sera un lundi très calme. Menton est une petite ville paisible et il fait très froid ce matin, il n'y aura pas beaucoup de monde dans les rues. Quand il y a la neige, au « Berceau » au-dessus de Castellar, c'est qu'on va se geler pendant quelques jours, expliqua le brigadier.

Mathieu ouvrit la sacoche qu'il tenait à la main comme pour y prendre des papiers et sa main sortit en tenant un Luger muni d'un énorme silencieux, une arme que lui avait offert son ami Ange.

— Mains en l'air ou « je flinguer commissar », dit-il avec un fort accent allemand.

À son tour, Dominique tira de son holster un Beretta 951.

— Maintenant tout le monde à plat ventre, les bras et les jambes bien écartés.

— Snell ! aboya Mathieu, plus fite !

Tout le monde s'exécuta stupéfait.

— Mais que se passe-t-il ? maugréa le commissaire Balgard ?

— Fermez-la et surtout faites ce qu'on vous dit. Où sont vos armes, vos pinces et les clés ?

— Dans les tiroirs ! dit un brigadier tremblant de peur.

— Hans occupe-toi de ça, ensuite fait-les se lever un à un et se pincer eux-mêmes aux radiateurs.

Mathieu ouvrit tous les tiroirs, en sortit les armes et les menottes.

— Allez ! Pincez-vous ensemble en demi-cercle, tournez-vous vers le mur et accrochez-vous aux radiateurs, fissa ! Personne ne se retourne sinon ! cria Dominique.

L'inspecteur Murat tenta bien de résister, mal lui en prit, Mathieu lui donna un petit coup derrière l'oreille avec le canon de son arme et il tomba au sol groggy.

— Assez de conneries la flicaille si vous voulez remarcher un jour. Aidez-le à se relever et faites ce qu'on vous dit.

— Commissar, bureau snell, s'écria Mathieu, sortir arme à deux doigts !

Le commissaire tremblait de peur, ne voulant pas mourir à quelques mois de la retraite.

— D'accord, d'accord, ne tirez pas !

— Assis ! dit Mathieu, en récupérant l'arme. Il lui passa les menottes, l'accrocha au radiateur, le tourna vers le mur de son bureau et arracha les fils du téléphone.

— Hans, je descends chercher le planton pour lui faire mettre sur la porte d'entrée la pancarte « fermeture exceptionnelle ». Surveille-les bien.

— Yawhol ! hurla Mathieu.

Dominique descendit en tenant son arme cachée dans sa poche et interpella le gardien chargé de l'accueil.

— Le commissaire Balgard vous demande d'apposer cette pancarte sur la porte et de me suivre au premier, il a une communication très importante à vous faire.

Ils montèrent tous les deux et sitôt arrivés à l'étage, il braqua le pauvre planton.

— Va avec les autres, et tranquille, sinon je mets en premier une balle dans le genou du commissaire et après une pour chacun de vous, je vous ai prévenu une fois il n'y aura pas de deuxième, hurla Dominique.

— D'accord, mais que se passe-t-il ?

— Ne t'occupe pas, et ferme-la, fermez-la tous d'ailleurs, sinon vous allez passer un sale moment. Tu peux appeler Hans, c'est 7 h 35, dit leur juste OK.

Les deux hommes arrachèrent les fils du téléphone de la grande salle, éloignèrent les bureaux des radiateurs. On va vous donner des chaises parce que ça risque d'être long, les deux truands s'installèrent sur des fauteuils et Dominique alluma une cigarette.

— Vous pouvez fumer, surtout ne vous retournez pas, si vous avez envie de pisser, on vous accompagnera un par un, on n'est pas des bêtes. Mais vous marcherez tête baissée, s'il y en a un qui fait le con, vous aurez droit à une praline dans le genou, n'oubliez pas et vous boiterez toute votre vie. Compris les hommes ?

Tout le monde s'écria d'une même voix :

— Compris !

Pierre-Simon Tosi, Chardon et Fagre entendirent le top, chacun sachant ce qu'il avait à faire, ils récupérèrent leurs sacs avec les armes dans les voitures. La 1re équipe était composée de Simon Tosi, Christian Tronero, spécialiste des coffres-forts. Pierre-Simon et son acolyte pénétrèrent dans le couloir attenant à la BNCI à 7 h 37, ils se tapirent dans l'ombre, le premier employé arriva à 7 h 45 et introduisait sa clé dans la serrure quand Tosi pointa son arme contre son dos.

— Bonjour, c'est pour un retrait, dit Simon en appuyant son Beretta, finis d'ouvrir et pas un mot, dépêche-toi !

Les deux truands et le pauvre employé pénétrèrent dans l'agence et refermèrent la porte.

— Est-ce que la porte doit être fermée à clé ? Réponds vite !

— Non je suis le directeur j'arrive toujours le premier.

— Combien d'employés aujourd'hui ?

— Ce matin sept, tout le monde sera là, sauf une secrétaire en congé pour la semaine.

— Bien, on va attendre.

Les sept employés arrivèrent un à un, et dix minutes plus tard tous avaient les mains liées avec des colliers de serrage, regroupés assis dos à dos au centre de la banque.

— Numéro 2, mets la pancarte sur la porte, « fermeture exceptionnelle jusqu'à 10 h 30 ».

— Monsieur le directeur, pas de bêtises s'il y en a un qui bouge, je fracasse le genou de la jolie dame. Celle-ci se mit à pleurer et à trembler. Pas de panique, madame, que tout le monde obéisse et ça se passera bien, et interdit de nous regarder, compris ?

— Numéro 2, vide-moi les boîtes aux lettres là contre ce mur, il doit y avoir ce qu'il faut dedans. Mets le tout dans les sacs, on triera plus tard.

— Qui est le chef caissier vite ?

— C'est moi, dit une voix apeurée

— Ouvre le coffre, vite !

— Il me faut la clé du directeur.

— Magne-toi bordel, ça commence à m'énerver vociféra Tronero et baisses la tête, je vais faire un carton si ça continue, allez bougez-vous le cul tous les deux.

Le caissier prit la clé que lui tendait le directeur et l'introduisit en tremblant dans une serrure, fit deux tours et mit la sienne dans l'autre serrure, tourna la poignée et ouvrit le coffre.

— Quelle merveille, tout ce blé, j'en pleurerais ! s'exclama le truand.

— Ta gueule numéro 2, tu pleureras plus tard, surveille-les, je vais remplir les sacs, dès que j'aurai fini, commence à casser quelques coffres clients. Qui s'en occupe ici, qu'il nous montre les coffres des clients qui viennent le plus souvent.

La jeune femme se leva, toujours en pleurant, c'est moi, geignit-elle.

— Approches, dit Tronero, comment tu t'appelles ?

— Danielle.

— Bien Danielle, montre-moi les coffres.

— Celui-ci, celui-là, elle désigna ainsi une dizaine de coffres.

— C’est bon va te rasseoir, Tronéro sortit un pied de biche, un marteau et un burin et attaqua le 1^er^ coffre avec le lequel il eut un peu de mal. Il contenait des liasses de billets, quelques bijoux et deux lingots d’or qu’il se dépêcha de mettre dans un sac, puis le coup de main revenant, le 2^e^ fut plus facile à ouvrir. Au 8^e^ coffre, la moisson était déjà très bonne, Tosi le remplaça, il avait vu comment avait procédé son comparse. À 8 h 55, il posa ses outils, ils en avaient ouvert une trentaine, et ordonna :

— Enferme-moi tous ces braves gens derrière cette grille, mais avant videz tous vos poches et balancez tout hors de cette pièce. Ne vous amusez pas à nous prendre pour des charlots, sinon ! Allez, on se casse, on téléphonera pour qu’on vous délivre. Bonne journée.

Ils sortirent, par la sortie « employés », mirent les trois sacs dans le coffre de la 403. L’équipe Patrick Chardon, Hubert Stems (Dit le Belge) au Crédit Lyonnais procédaient de la même manière que Tosi à la BNCI. Ils n’eurent pas plus de difficultés, si ce n’est un caissier qui voulut se rebiffer et se fit légèrement ouvrir le crâne par le « belge » ce qui calma instantanément tout le monde. Ils ne cassèrent que vingt coffres mais quand même richement garnis.

— Que personne ne joue au con, sinon ça va être un carnage, hurla Chardon aux otages ficelés et enfermés dans la salle des coffres. On démonte les mecs, ça fait une heure, récupérez les outils et on se casse. On vous fera libérer vers midi mesdames, messieurs, bonne journée !

— À l’écoute, ici équipe numéro 2 tout baigne équipe numéro 1 ?

— Tout baigne et vous ? répondit Tosi

— Comme à la parade !

— Ici équipe numéro 3 (constituée de Georges Fagre et José Ramos dit la tchache, à la Banque populaire), ça marche comme sur des roulettes, tout a fonctionné parfaitement, on a ramassé le gros lot, du lourd, mais il a fallu assommer un héros dit Fagre. La « tchache » lui a fait pousser une corne sur le crâne avec son calibre.

— Ici numéro 1, fermez-la bordel, on se rejoint au point de rendez-vous.

À 9 h 10, les trois équipes avaient déposé leurs sacs dans la 403, et en se dirigeant vers la poste les six hommes virent un gros attroupement devant l'entrée de la Banque populaire, à croire que personne n'avait lu l'affichette apposée sur porte « ouverture à 10 h 30 ». Quelqu'un allait sûrement appeler la police. Il ne fallait pas traîner, il restait le plus gros morceau à se faire, la poste.

À la même heure, à Nice, Lefèvre, Colombani et JP Lourmi, dans la BMW, Véran et Dominique Lourmi et Ahmed Djerroud dans une Simca se dirigeaient vers Cannes. À l'entrée de Saint-Laurent-du-Var, Colombani effectua une magistrale rupture de filature en se faufilant entre deux poids lourds et en tournant sèchement dans unc petite rue. Ils attendirent cinq minutes et repartirent en direction de Cannes. Véran lui continua sa route sans se presser, il devait rejoindre les autres devant le Casino.

Ayant perdu « l'estaque » la veille, Accardi se doutait que l'affaire était imminente. Il savait par l'indic de Le Pennec que le coup était prévu pour le 4 janvier, aussi tôt le matin, il avait posté une équipe à la sortie de Nice au niveau de l'aéroport, une autre à Saint-Laurent-du-Var, une troisième à l'entrée de Cannes. Soudain, l'inspccteur Le Pennec cria dans la radio.

— On vient de voir passer Véran et un des Lourmi dans une Simca devant l'aéroport.

— Lefèvre vient de passer dans la BMW, à Saint-Laurent, on continue vers Cannes, on sait où ils vont ! s'écria Molzino.

— Ne les perdez pas, hurla Accardi ?

— J'espère, j'espère, allez on trace, répondit LePennec.

Les trois malfrats arrivèrent en vue du Martinez, Colombani se gara et Lefèvre et Lourmi entrèrent tranquillement dans la bijouterie Van-Cleef & Arpels. Les deux voitures banalisées de la police arrivèrent cinq minutes après et se garèrent un peu plus loin.

— Je ne comprends pas ! s'écria Le Pennec dans la radio, trois dans la Simca, trois dans la 403, où sont passés les trois autres, l'indic avait dit neufs gus. Oh putain je sens qu'on s'est fait baiser !

Les deux hommes ressortirent de la bijouterie d'un pas pressé, montèrent dans leur véhicule.

— Qu'est-ce c'est que cette embrouille, ils n'ont pas eu le temps de braquer ! Allez, on les tape, exécution ! Que les autres foncent au Casino, on se retrouve devant le Martinez.

Les deux voitures de police interceptèrent la voiture qui démarrait devant la bijouterie.

— Descendez sans geste brusque les gars, doucement, dit Accardi, les six policiers se dépêchèrent de les entourer. Les mains sur le toit, vite.

— Qu'est-ce qu'il vous prend « la volaille », dit Colombani avec un accent corse très prononcé, on se promène c'est interdit ça aussi !

— Ferme-la, tu causeras plus tard au poste, ne t'inquiète pas, dit l'inspecteur Legrand en lui donnant une tape sur le crâne.

— C'est incroyable, qu'est-ce qu'on a fait inspecteur, expliquez-nous au moins ! s'écria Lefèvre.

— On va t'expliquer au commissariat mon petit Michel, fouillez-les-vous autres !

— Après une fouille minutieuse des trois hommes : rien, que dalle, pas d'arme et pas une trace d'un quelconque bijou, déplora Biggi.

— Où les as-tu planqués René, allez accouches, ne me fais pas monter les nerfs ! explosa Accardi.

— Mais enfin, on ne sait pas de quoi vous parlez, on est juste entré voir pour choisir un bracelet ou une bague pour ma fiancée.

— C'est toi qui vas les avoir les bracelets, ne t'inquiète pas ! Tu me prends vraiment pour un con « la joncaille », ouvres doucement ton coffre et recule.

Les policiers passèrent le coffre et l'habitacle au peigne fin sans rien n'y trouver.

— Allez, on les embarque, dit le « breton », en voiture.

Entre temps, l'autre équipe de policiers revenait bredouille du Casino, il n'y avait vu personne. Deux inspecteurs montèrent dans la BMW des truands, ceux-ci séparés et menottés aux portières dans les autres voitures, et le convoi pris la direction du commissariat de Nice. Arrivé à destination, tout ce beau monde monta dans le bureau des inspecteurs, puis le commissaire arriva et ordonna qu'on les sépare.

— Trouvez-moi Véran et le petit Lourmi, qui nous manque, Jean-Pierre ou Dominique, et l'arabe on ne sait toujours pas qui c'est ? Plus on sera de fous, plus on rigolera, dit Accardi sans rire, car il commençait à sentir le coup fourré. Alors « l'estaque », on t'écoute, pas de salades s'il te plaît sinon on va se fâcher.

— Je n'ai rien à vous dire, allez-vous faire foutre la volaille, vous commencez à me gonfler !

Accardi commença par lui mettre deux claques et René se mit à saigner du nez.

— Désolé René, en lui tendant un mouchoir, mais ça c'est pour les insultes et aussi parce que tu me prends pour un con. Alors on t'écoute !

— Je ne parlerai plus, vous pouvez cogner, allez-y, régalez-vous !

— Bien ! Je veux savoir et je saurai, quitte à dire au juge qu'on a trouvé de la came dans ta bagnole, les stups se feront un plaisir de m'en fournir.

— Vous êtes vraiment des fumiers et je vous emmerde.

— Biggi, trouve-moi à qui appartiennent les deux voitures, mais je ne me fais aucune illusion, ils ne sont pas assez cons pour rouler dans des « caisses » volées. Je suis de plus en plus sûr que c'est une arnaque, mais pourquoi ?

Dans le bureau du commissaire on avait installé Colombani sur une chaise au centre de la pièce, à chaque question un des présents lui donnait un coup de bottin sur la tête, pas violemment mais suffisamment pour « l'attendrir » comme disait Molzino. Mais comme son complice, il insulta copieusement son monde, et ne dit plus un mot. Au même moment un des Lourmi, était menotté dans 3$^{e}$

bureau. Il n'en menait pas large, il tremblait, n'étant pas de la trempe que les deux autres truands.

— Alors tu es qui toi ? Jean-Pierre ou Dominique ? On joue dans la cour des grands et maintenant, ironisa Le Pennec.

— Moi c'est Jean-Pierre inspecteur, mais je n'ai rien fait, je ne sais même pas pourquoi je suis là !

— On attend ton frère, il va dérouiller lui aussi ! Ne me prends pas pour un con, cria l'inspecteur en lui mettant une claque, j'attends ! Mais je ne vais pas attendre longtemps, je vais te faire tomber pour racket, proxénétisme et rébellion et insulte à magistrat et trafic de drogue on en a trouvé dans la voiture de Lefèvre, l'inspecteur principal vient de nous le dire. Vous allez pouvoir goûter la paille humide des cachots, les petits ! le juge va se régaler.

Jean-Pierre Lourmi se mit à trembler de tous ses membres.

— On n'a jamais touché à la came, on n'est pas fou. Mais puisqu'on vous dit qu'on n'a rien fait !

— Et votre balade à Cannes la semaine dernière c'était pour voir la Croisette ou rencontrer vos fournisseurs de « blanche » ?

— C'est « la joncaille » qui nous a demandé d'aller faire un tour avec lui pour voir une bague pour sa fiancée.

— Pourquoi tu t'y connais en bijoux mon petit Jean-Pierre ?

— Non mais c'était juste pour faire une balade !

Sur ces entrefaites, Dominique Lourmi arrivait, encadré par deux agents, on l'avait trouvé chez lui, en train de boire l'apéritif.

— Viens t'asseoir avec nous mon petit Dominique, et demande à ton frère ce qu'on vous a promis, ironisa Le Pennec. Bien ! On va vous laisser seuls cinq minutes, ensuite vous aurez deux options, la tôle ou la liberté. Le juge vous plantera d'au moins cinq ans, il déteste les petites frappes comme vous, un peu mac, un peu de racket un peu « came ». Surtout qu'on va bien, vous enfoncez, les petits. Et les deux qui manquent, où sont-ils ? Véran et l'autre comment il s'appelle au fait ?

— Djerroud Ahmed, ils m'ont laissé devant chez moi, c'est tout ce que je peux vous dire.

— Tu vas nous dire encore pleins de choses, ne t'inquiète pas.

Le Pennec sortit fumer une cigarette puis revint bruyamment dans le bureau, ce qui fit sursauter les deux gogos.

— On vous écoute, messieurs, dit Biggi, le colosse, qui avait rejoint l'inspecteur.

— OK, René nous a expliqué que c'était pour vous faire une blague c'est tout, on vous le jure ! cria Jean-Pierre Lourmi.

— Une blague ? Elle est bien bonne, je crois que vous n'avez pas bien compris tous les deux. Allez Biggi, descends-moi ça au trou, on verra ça demain, la nuit porte conseil.

Les agents vinrent chercher les quatre hommes pour les descendre en cellule.

— Je crois qu'on s'est bien fait baiser, dit le commissaire Christian Noël, ça s'est acté, mais pourquoi, là c'est une autre affaire. Accardi et Le Pennec vous n'y êtes pour rien on s'est tous fait mener en bateau. Allez, on va manger un morceau et on y retourne.

À Menton, à 9 h 35, Tosi et Tronero pénétraient d'un pas décidé dans la poste par l'entrée principale pendant que leurs complices attendaient sur le trottoir à la porte de derrière.

Pierre-Simon demanda à un employé, en montrant sa fausse carte d'inspecteur de la poste, où se trouvait le bureau du receveur.

— Au premier Monsieur, mais il n'est pas là aujourd'hui, il est malade.

— Ça commence bien, dit-il d'un air furieux, Qui le remplace ?

— Le contrôleur, monsieur, il est dans le bureau du receveur, là, en haut des marches.

— Merci on monte.

Ils gravirent rapidement les quelques marches.

— Bonjour, Monsieur, nous aurions voulu parler au receveur, mais il est, paraît-il, malade ! C'est un contrôle, voici nos cartes nous sommes mandatés par la direction, pour auditer vos comptes. Veillez à ce qu'on ne nous dérange pas.

— Ah bon ! mais nous n'avons pas été prévenus.

— C’est un peu le but des contrôles surprises, non ? ironisa Tronéro.

— OK, je vais demander qu’on nous laisse tranquilles. Il fit signe à un postier lui demanda de faire passer le mot afin qu’on ne le dérange pas.

— Bien, que vous faut-il ?

— D’abord où stockez-vous l’argent qui arrive des banques, il semblerait que chez vous ce soit un peu pris à la légère ?

— Pas du tout, nous veillons particulièrement à la sécurité de nos agents !

— Alors, allons voir cette merveille de sécurité, on vous suit.

Le contrôleur poussa une porte au fond de son bureau et les trois hommes entrèrent dans un vaste local où quatre employés étaient plus occupés à tenter de récupérer des fêtes, que par le travail.

L’un fumait une cigarette, deux autres mangeaient un sandwich assis sur des sacs de courrier et le quatrième était à l’entrée de la chambre forte et semblait réfléchir.

— C’est la seule entrée ? apostropha Tosi.

— Non, cette porte, là, donne sur la rue derrière la poste.

Simon se tourna vers Tronero et tous deux sortirent leurs armes en même temps.

— Pas de bêtises messieurs les mains en l’air, vous allez vous couchez à plat ventre les bras et les jambes bien écartés et tout ira bien, dit Simon.

— Qui est armé parmi vous cria Tronéro ?

— Personne, les armes sont dans le petit coffre derrière vous.

— Bien, ouvre la porte arrière, numéro 2, qui a les clés ?

— C’est moi, dit celui qui semblait être le chef, là sur ce bureau.

— Très bien, vous êtes très coopératifs, il est vrai que mourir pour 500 francs par mois ce serait dommage, c’est bien de penser à vos veuves !

Tronéro ouvrit la porte arrière et les quatre autres braqueurs pénétrèrent à leur tour dans le local. Chardon en entrant s’écria :

— Il faut faire fissa les gars, ça bouge dans la rue devant la Populaire, il y aura bien un pékin pour appeler les condés, ça on maîtrise, mais si les « chaussettes à clous »[9] se pointent, il risque d'y avoir du grabuge, putain !

— Allez servez-vous vite les gars, numéro 3 et 4 pincez moi ces gugus aux radiateurs, comme ça ils seront bien au chaud avec ce mois de janvier glacial. Pensez à les bâillonner, faudrait pas qu'ils ameutent tout le quartier, dit Pierre-Simon.

— Magnez-vous les gars, on est à la bourre, on n'a pas toute la matinée à consacrer à ces braves gens, cria Tronéro. Il y a ce qu'il faut dans le coffre, on a de quoi voir venir.

— Tu verras venir, t'inquiète pas s'écrièrent Fagre et la Tchache, j'ai jamais palpé autant de blé, putain ! Merci, mon dieu, dit Ramos, toujours aussi excité.

— Tout le fric est là, demanda Simon au contrôleur ?

— Oui sauf celui qui est dans les caisses en bas dans la poste.

— Ouais ! trop risqué. Il y a trop de monde.

— Bonne journée quand même, on se barre les gars : sortez avec les sacs et mettez-les dans le fourgon. On referme, numéro 2 et moi et on vous rejoint.

Tronéro referma soigneusement la porte, il mit les clés dans sa poche et rejoignit Tosi dans le bureau du receveur. Tous deux descendirent les escaliers et Simon précisa au préposé, qui les avait reçus à l'entrée, qu'on ne devait déranger le contrôleur sous aucun prétexte, ils allaient chercher des papiers dans leur voiture.

Vers 9 h 30, Dominique quitta le premier étage du commissariat pour aller récupérer la 403 devant les banques, laissant les policiers sous la garde de Mathieu. Arrivé au rez-de-chaussée, il joignit Simon sur le talkie-walkie.

— N° 1 isoles toi deux minutes !

— Ça y est ! je t'écoute.

— Changement de programme, préviens les gars, que trois d'entre eux doivent rejoindre Nice par leurs propres moyens et toi tu files à

[9] Gendarme en argot.

Nice avec les deux autres. Rendez-vous à Nice où tu sais, mais pas avant 14 h, passes par la grande Corniche. Buona furtuna fratellu miu.[10]

— OK, on vient juste de finir. Magnez-vous les gars, rangez-moi tout ça derrière, deux d'entre vous restent avec moi, les autres rejoignez la gare SNCF ou la gare des cars. Prestu ! cria Tosi.

Doumé regarde sa montre, il est juste 9 h 45, il vient de monter dans la 403 pour rejoindre Mathieu. Tout s'est déroulé à peu près comme prévu, malgré le souci à la Populaire. Malheureusement, ils n'ont pu s'occuper vraiment sérieusement des coffres clients. Peut-être ont-ils prévu trop juste au niveau du temps, de toute façon il est trop tard pour regretter.

— Par le walkie-talkie, Dominique dit à Mathieu, tu peux descendre « l'alsacien ».

— OK. Bon journée messieurs, Auf wiedersehen !

Il quitta le premier étage, ferma la porte du bureau, descendit les escaliers et ferma également celle donnant sur la rue et sortit par la cour. Dominique l'attendait dans la 403 noire, sur laquelle il avait posé les plaques de police. Celui-ci manœuvra, descendit par les jardins Biovès, récupéra le bord de mer et prit la direction de Nice. Quelques secondes après avoir démarré, Mathieu et Dominique virent passer la 4 L des gendarmes de Menton qui fonçait en direction des banques.

— Aie ça ne sent pas bon ! Pas de stress, il est 10 h 15, dans un peu plus d'une heure nous serons à Nice, dit « Corsico ».

En effet, Dominique ne croyait pas si bien dire, une cliente de la Populaire, excédée, avait appelé le commissariat, puis n'obtenant pas de réponse, elle téléphona à la gendarmerie pour leur signaler que quelque chose de louche se passait à la banque. L'adjudant Berthoux appela un gendarme et tous deux montèrent dans la 4 L. Quand ils arrivèrent devant l'agence, un énorme attroupement s'était formé, et ils eurent toutes les peines du monde à s'en approcher. Les deux militaires n'imaginaient pas à cet instant que la journée serait dure et

[10] Bonne chance, mon frère.

riche en évènements plus ou moins cocasses. L'adjudant essaya de se frayer un passage au milieu de tout ce monde et parvint finalement devant l'entrée.

— Que se passe-t-il ? s'écria Berthoux ?

— On ne sait pas vraiment, mais on dirait qu'il y a des gens enfermés à l'intérieur de la banque, tout est sens dessus dessous, expliqua une dame d'un certain âge, regardez vous-même.

— C'est fermé et on ne sait pas pourquoi un gémit un grand-père !

— Vous ne savez pas lire, vous n'avez pas vu l'affichette sur la porte, dit le second gendarme « Ouverture à 10 h 30 » Pourquoi personne n'a appelé le commissariat ?

— J'ai essayé, répondit une jeune femme, mais personne ne répond.

— On verra ça plus tard intervint l'adjudant.

— Eh belin [11]! c'est anormal quand même, depuis quand ils ferment un lendemain de fêtes, on a besoin de retirer du liquide nous, surenchérit la même personne âgée.

— Bon, on va voir ça de plus près, dit Berthoux. D'abord, reculez tous, laissez-nous de la place bon Dieu !

Il s'approcha de la vitrine et ne vit personne à l'intérieur, effectivement il lui sembla qu'il se passait quelque chose d'étrange à l'intérieur, tout semblait vandalisé Il essaya d'ouvrir la porte mais celle-ci était belle et bien fermée.

— Où y a-t-il une autre entrée ? demanda-t-il.

Personne parmi la foule ne sut répondre.

— Bon sang ! Est-ce que quelqu'un sait par où entre le personnel ?

— Il y a une porte dans la petite rue derrière, signala un jeune homme.

L'adjudant délaissa l'avenue Félix Faure et prit la petite rue qui longeait la banque sur sa gauche. Là, il trouva une porte blindée qui donnait sûrement dans l'agence. Mais évidemment, les truands l'avaient fermée à double tour en laissant sur la porte une affichette

[11] Expression mentonnaise intraduisible.

« attention danger porte piégée ». L'adjudant cria de tous ses poumons pour faire reculer la populace qui l'avait suivie.

— Éloignez-vous vite, la porte est piégée, ça peut péter à tout moment ! Il avait connu cette peur en Algérie où il était sorti indemne d'un attentat du FLN, pendant son service militaire.

— Marcel, préviens le capitaine, explique-lui ce qu'il se passe, qu'il vienne avec du monde c'est vraiment la merde ici, on ne va pas s'en sortir tout seul.

Voyant un attroupement et les gendarmes devant la banque, des gens accourraient de l'autre côté de l'avenue en criant que la même chose se déroulait à la BNCI, au Crédit Lyonnais. Berthoux essaya de garder son sang-froid, pourtant il se mit pourtant à hurler à tous les badauds de s'éloigner le plus vite possible, mais personne ne semblait l'écouter et encore moins l'entendre. Heureusement au bout de quelques minutes l'estafette de la gendarmerie arriva à vive allure avec six gendarmes à bord, on avait dû battre le rappel des permissionnaires. Ils peinèrent à faire évacuer la foule vers le bord de mer.

Au même moment, l'inspecteur Éric Biale du commissariat de Menton, de repos ce jour-là, se souvint qu'il avait oublié son portefeuille au bureau la veille, il avait tenu la garde du week-end. Ayant décidé d'accompagner sa femme au marché couvert sur le bord de mer, il en profiterait pour passer devant le commissariat pour récupérer son bien. Habitant dans le haut du Val du Careï, ils mirent une bonne demi-heure pour rejoindre leur destination et là, interloqué, Biale trouva porte close. Il dit à son épouse qu'il la rejoindrait et essaya de se rendre compte en regardant à travers les grilles, mais il ne vit rien d'anormal si ce n'est l'affiche apposée sur la porte indiquant l'heure d'ouverture. Il traversa précipitamment la rue et entra à l'hôtel Mondial et demanda au patron :

— Bonjour, Éric, est-ce que je peux téléphoner ?

— Bien sûr, Inspecteur, je vous offre un café ?

— Très volontiers, merci.

Il composa le numéro du commissariat et laissa sonner un long moment sans obtenir de réponse. Il commença à être vraiment intrigué, pour ne pas dire inquiet, il regrettait de ne pas avoir pris ses clés. En désespoir de cause, il se résolut à appeler la gendarmerie. À la deuxième sonnerie, on décrocha :

— Bonjour ici l'inspecteur Biale, je voudrais parler au capitaine Lejeune.

— Il vient de partir à la Banque populaire, où paraît-il, il se passe des évènements troublants.

— Merci, je vais descendre le rejoindre.

— Dites-moi Éric, vous n'avez rien vu d'anormal ce matin.

Celui-ci réfléchit un instant et dit : Non, pas vraiment, mais en faisant mes vitres, j'ai vu une 403 break noire de la police démarrer vers les jardins Biovès, il n'y a pas plus de trois quarts d'heure.

— Une 403 de la police, mais je viens de la voir dans la cour ! Vous êtes certain ?

— Sûr et certain inspecteur !

— Merci Éric à bientôt, je dois vite filer.

Vers 11 h, le capitaine Lejeune, arrivé sur place, interrogeait l'adjudant.

— Qu'est qui se passe adjudant, pourquoi tout ce monde ?

— C'est le bordel, sauf votre respect, mon capitaine, la porte de la banque est peut-être piégée, il y a sûrement encore les employés à l'intérieur, et il semble que ce soit pareil dans les deux autres banques du secteur.

— Vous êtes certain qu'il ne s'agit pas d'un canular de gamins Berthoux ?

— Comment savoir, en tous cas les portes de ces banques sont fermées avec une pancarte « ouverture à 10 h 30 » et dans celle-ci, on dirait que tout est vandalisé ?

Le capitaine regarda à travers les vitres et aussitôt ordonna :

— Trouvez-moi vite un ou deux serruriers, il me semble qu'il y en a un pas loin, juste au début de la rue Saint-Michel. Dites à un de vos hommes de joindre le service de déminage au groupement de Nice, on ne sait jamais, exécution !

L'adjudant appela un de ses hommes.

— Vial, fonces chez le serrurier de la rue Saint-Michel et ramène-le-moi de gré ou de force, avec tout son matériel, mais, par pitié, fait vite.

Le gendarme détala et revint quinze minutes après avec le technicien.

— Ouvrez-moi ça, ordonna l'officier en montrant la porte de la banque donnant sur l'avenue Félix Faure.

— Eh, mon capitaine ! ce n'est pas si simple que ça à ouvrir, j'espère que j'ai ce qu'il faut, sinon il faudra casser les baies vitrées, mais ça je ne sais pas faire.

— Essayez, on avisera en temps voulu comment il faudra agir. Vous avez un employé dans votre boutique ?

— Oui, c'est lui qui la tient quand je m'absente.

— Fornier, retournez me cherchez l'employé et revenez vite, ça ira plus vite à deux. C'est une réquisition, vous serez dédommagé, ne vous inquiétez pas, monsieur.

Le serrurier s'attela à la tâche mais au bout d'un quart d'heure il n'avait réussi à ouvrir qu'une serrure.

— C'est trop long, dit le capitaine !

Quand il vit arriver l'employé :

— Mettez-vous-y aussi jeune homme, mais ouvrez-moi cette putain de porte, jura-t-il !

À 11 h 45, toutes les serrures cédèrent et le capitaine et deux gendarmes purent enfin pénétrer dans l'enceinte avec précautions.

— Repoussez-moi ces gens qui regardent, ils veulent sauter avec nous ces imbéciles !

Les trois militaires avancèrent lentement dans la grande salle quand ils entendirent des cris dans le sous-sol. Ils descendirent les quelques marches et, arrivés devant la grille de la chambre forte, ils virent les employés, hagards, certains en larmes et complètement désemparés.

— Ouvrez-nous par pitié, on n'en peut plus, on va s'évanouir, vite !

— Monte chercher le serrurier Fournier, presto !

— On va vous délivrer dans cinq minutes, calmez-vous, vous avez soif ? Où je peux trouver à boire ?

— Il y a tout ce qu'il faut derrière la banque sur un classeur gris, dit le directeur.

— Fornier, servez à boire à ces pauvres gens. Alors cette serrure, vous comptez l'ouvrir quand.

— Je fais ce que je peux, ce n'est pas comme une serrure d'appartement cette affaire-là !

Un gendarme arriva en courant et dut se frayer un chemin au milieu de la foule.

— Mon capitaine c'est pareil dans les autres banques, que fait-on ?

— Appelez-moi l'adjudant, qu'il vienne ici tout de suite.

L'adjudant arriva, tout essoufflé.

— À vos ordres, mon capitaine.

— Thouard trouvez-moi tous les serruriers que vous pouvez, ou même des soudeurs, faites vite, qu'ils viennent tous avec des chalumeaux, prenez l'estafette.

— Nom de Dieu, ils ont arraché les fils du téléphone, bon, je serais au tabac de la Régence, rue Partouneaux, ce sera notre PC.

En sortant, il déplora que la foule ait envahi toutes les rues adjacentes, il entra au tabac la Régence, toujours suivi du brigadier Fornier.

— Bonjour, madame, dit-il à la serveuse, il vient de se produire des évènements très graves dans les banques de l'avenue Felix Faure, je réquisitionne votre salle et votre téléphone, et faites venir votre patron.

— Ah ! c'était ça tout ce monde qui courrait, je l'appelle tout de suite, il est dans la réserve.

Celui-ci arriva rapidement et le capitaine lui expliqua brièvement les évènements.

— Mettez-moi ces deux tables à disposition, est-ce que le fil de votre téléphone est assez long pour venir jusqu'ici ? Apportez-moi aussi un annuaire svp et de quoi écrire.

— Bien sûr, je vous apporte ça tout de suite, capitaine.

Aussitôt assis le capitaine consulta l'annuaire et téléphona à la Mairie de Menton, et demanda qu'on avise d'urgence le maire, François Polmera, de venir le rejoindre toutes affaires cessantes à la Régence, quelque chose de très grave venait de se produire. Puis il appela le groupement de la gendarmerie de Nice.

— Allo, le groupement, je voudrais parler au colonel Martine s'il vous plaît, c'est extrêmement urgent.

— Je vais voir s'il est là, de la part de qui ?

— Capitaine Lejeune, de la gendarmerie de Menton, dépêchez-vous s'il vous plaît !

Lejeune patienta un court instant.

— Allo, ici le colonel Martine, que se passe-t-il capitaine ?

— Mes respects, mon colonel, il se passe des évènements très graves, trois banques ont été dévalisées à Menton, les employés y sont enfermés depuis ce matin et avec mes huit gendarmes je ne sais plus où donner de la tête. Il faudrait m'envoyer des renforts, pour faire évacuer la foule et bloquer les rues environnantes. J'ai déjà prévenu le service de déminage, il semblerait qu'une des portes soit piégée.

— Je vous envoie du monde dans deux camions, mais il faut compter une bonne 1 h et ½ au moins. Le détachement sera commandé par le lieutenant de permanence Chassey avec un adjudant pour le seconder. Ça ira ?

— Merci, mon colonel, faites pour le mieux. Si je peux encore abuser de votre temps, quand ils arriveront, dites-leur de bloquer l'avenue Félix Faure juste après le Casino, la rue Partouneaux au niveau du tabac, la Régence, la rue Saint-Michel devant l'hôtel des arcades, et la petite rue qui mène à la mer, à l'angle du Crédit Lyonnais. Vous avez pu noter mon colonel, désolé si je vous presse mais c'est la grosse panique ici. Si on pouvait avoir aussi quelques gendarmes de l'air qui sont stationnés à la base aérienne de

Roquebrune-Cap-Martin, en attendant les renforts, ils savent gérer la foule.

Il faudrait également faire installer des barrages sur les trois corniches, après Monaco et aux trois entrées de Nice. C'est sûrement trop tard mais on ne sait jamais. Malheureusement, on ne sait pas quels véhicules on cherche.

— Je m'en occupe et je préviens nos collègues de l'Air. Faites pour le mieux, capitaine. Mais que fait la police nationale, il y a bien un commissariat à Menton !

— On n'arrive pas à les joindre, personne ne comprend. Je vous presse mais il faut que j'avise. Mes respects, mon colonel !

— Faites pour le mieux capitaine et tenez-moi au courant.

Il raccrochait quand Thouard revenait avec les serruriers.

— Expliquez-leur le topo Fornier et allez avec eux, vite. Mais dites-moi Thouard, vous me dites que personne n'arrive à joindre le commissariat ? Dans la panique, je viens de me rendre compte qu'il devrait être sur place avec nous. Prenez la 4 L avec un gendarme et foncez-y et rendez-moi compte rapidement.

— Bien mon capitaine, je fonce.

A midi, le maire de Menton et l'inspecteur Biale entraient en même temps à la Régence, quand un postier arriva en courant et se dirigea vers le gendarme qui sortait du tabac.

— Gendarme, mon chef est dans son bureau et il ne répond pas à mes appels ni au téléphone.

— Oh putain, ce n'est pas vrai, ils ne se sont pas fait la poste aussi. Une minute, je vais prévenir le capitaine et j'arrive.

— Il retourna dans le tabac, Mon Capitaine, il y a aussi un problème à la poste.

— Ce n'est pas possible « bordel », vous êtes sûr ?

— Je vais y aller, je prends un serrurier avec moi, on ne sait jamais.

— Allez-y, foncez !

— Ah, bonjour Monsieur le Maire, bonjour inspecteur, trois agences bancaires et il semble bien que la poste elle aussi soit concernée, se sont fait attaquer ce matin et tous les personnels y sont enfermés.

— Nom de Dieu ! pardon, bonjour Capitaine, comment est-ce possible, en plein jour, mais au fait pourquoi je ne vois pas la police ! s'écria-t-il.

— Pour le moment, je n'en sais rien, je viens d'envoyer un gendarme sur place, mais j'ai dû parer au plus pressé.

— Je viens du commissariat intervint l'inspecteur Biale tout essoufflé, j'ai travaillé tout le week-end, aujourd'hui je suis en congé, et je me suis rendu compte que dimanche j'avais oublié mon portefeuille au bureau. En arrivant, j'ai vu que tout était fermé, et personne ne répondait au téléphone. J'ai regardé à l'intérieur, il n'y avait personne. Mais le patron de l'hôtel Mondial, situé juste en face, a vu partir vers 9 h 45 une 403 noire de la police. Or la nôtre est garée dans la cour, je l'y ai vue avant de venir vous rejoindre. Il faut faire installer des barrages sur toutes les routes vers Nice, et faire stopper cette 403. Vous pouvez vous en occuper Capitaine.

— Pour les barrages, c'est fait, mais j'appelle la gendarmerie de Nice tout de suite, maintenant on sait ce qu'on cherche.

— Comment puis-je vous aider, demanda le maire ?

— Justement si vous pouviez monter jusqu'au commissariat, je viens d'y envoyer deux de mes hommes avec un serrurier. Je vais mettre l'adjudant à votre disposition.

— Bien sûr, j'y vais. Vous me suivez inspecteur ?

— Évidemment, monsieur le maire.

Pendant ce temps, le gendarme et l'ouvrier arrivaient à la poste.

— Où ça se situe postier ?

— Au 1er étage.

— On monte, on verra bien.

La 1re porte était bouclée, elle fut ouverte en cinq minutes, la 2e aussi rapidement et quand les trois hommes l'ouvrirent ils ne furent même pas étonnés de voir les cinq postiers menottés aux radiateurs ou aux tuyaux.

— Vite, délivrez-nous, on n'en peut plus ! Ils étaient six et ont vidé le coffre bien rempli, on allait compter l'argent du long week-end, vous imaginez !

— Allez descendez avec moi on va voir le capitaine, il vous dira quoi faire, et il faut aussi vous restaurer.

— Nous avons nos gamelles, on va les prendre avec nous et on vous suit.

Quand Lejeune vit arriver cette troupe, il se mit les mains sur la tête. Ah les fumiers ! si je les pince ils vont passer un mauvais moment je vous le garantis. Asseyez-vous, messieurs, garçon, servez-leur à boire, et vous racontez-moi. Les postiers essayèrent de donner un récit assez précis de l'attaque, tant bien que mal ils y parvinrent.

— Le même scénario pour les quatre casses, du travail de professionnel. Qu'on me dise encore que Menton est une ville calme, s'exclama le capitaine !

Pendant ce temps, le maire, l'adjudant et l'inspecteur Biale rejoignaient le gendarme et le serrurier dépêchés au commissariat par le capitaine Lejeune.

— Vous voyez ce que je vois, Monsieur le Maire, c'est pareil que pour les banques, les collègues doivent être menottés à l'intérieur.

— Antoine, retournes vite voir le capitaine, rends compte, ordonna l'adjudant. Vous le serrurier, ouvrez-moi ça vite fait.

— Vite fait, vite fait, si vous voulez que ce soit rapide, il faut aller au chalumeau, je n'en ai pas.

— Remonte avec un chalumeau, Antoine.

À 12 h 15 cinq les gendarmes de l'air étaient arrivés et la foule commençait à refluer vers le bord de mer et la rue Partouneaux. Le gendarme Antoine fit son rapport au capitaine, trouva un ouvrier et son apprenti qui attendaient des ordres un chalumeau à découper sur roulette près de lui.

— Allez, chargez tout ça dans la 4 L et montez, direction le commissariat.

Ils se frayèrent tant bien que mal un passage en klaxonnant parmi la foule de badauds et cinq minutes plus tard les deux ouvriers étaient à pied d'œuvre. L'un d'eux découpa facilement la serrure de l'entrée, et tous les six se ruèrent à l'intérieur, quand ils entendirent des cris venant du 1er étage. Ils se précipitèrent et une fois de plus trouvèrent porte close. Celle-ci fut ouverte en deux minutes, et François Polmera, le maire, les deux gendarmes et les serruriers furent sidérés par le spectacle. Cinq hommes étaient menottés aux radiateurs assis sur des chaises, face au mur, l'air hagard.

— Oh putain ! s'écria Biale en voyant ses collègues menottés, qui vous a fait ça ?

— On va vous délivrer, cria l'adjudant Thouard, nous avons nos clés de menottes. Où est le commissaire Balgard ?

— Dans son bureau, mais il a l'air évanoui ! s'écria Murat, mais il était tout simplement endormi.

Les cris réveillèrent le commissaire et on se dépêcha de le délivrer.

— Heureusement, ils nous ont amené une fois aux toilettes, sinon on se serait pissé dessus ! s'écria le commissaire, quasiment cinq heures c'est long.

— Ah les fumiers, tonna l'inspecteur Murat, les ordures, nous faire ça à nous, qu'on les retrouve vite et j'en fais mon affaire ! Tu t'en rends compte, Éric, on va bien passer pour des cons maintenant !

— Pourquoi ont-ils fait ça ? demanda le commissaire.

— Ils ont cassé trois banques et la poste ce matin et enfermé les employés dans la salle des coffres, dit l'adjudant. C'est un beau bordel, je vous le dis. Je vous demande de nous rejoindre au tabac la Régence, le capitaine Lejeune y a établi son PC, conseilla le maire, on se verra là-bas, annonça l'adjudant.

— Je crois qu'on va me mettre à la retraite anticipée, après une pareille affaire, gémit le commissaire, et pourtant qu'aurions-nous pu faire devant deux hommes lourdement armés, ils avaient des fausses cartes de police, et ils nous ont pris par surprise.

— Commissaire, le propriétaire du Mondial, a vu partir une 403 de la police vers 9 h 45 environ, peut-être que….

— Ce sont sûrement les deux truands, vite il faut faire installer des barrages.

— Le capitaine Lejeune s'en est occupé, mais on ne savait pas ce qu'on cherchait, maintenant on sait, même si c'est sûrement trop tard se désola l'inspecteur Biale.

— Ils ont arraché tous les fils du téléphone, on n'a plus rien pour communiquer.

— Redescendons vite à la Régence prévenir mon officier, proposa l'adjudant.

La 403 des deux truands arriva à Nice vers 11 h 30. Mathieu et Dominique savaient que la panique devant les banques leur avait permis d'arriver sans encombre à Nice, sans pourtant imaginer qu'ils avaient été repérés et qu'à dix minutes près, ils auraient pu tomber sur un barrage. Ils leur restaient à attendre leurs complices. À l'heure où à Menton tout le monde courait dans tous les sens, « l'alsacien » et « Corsico » pénétraient avec la voiture rue de Falicon, par l'entrée arrière.

Dominique dévissa les ampoules de l'entrée, ne laissant que le centre du local éclairé. À partir de quatorze heures, les hommes commencèrent à arriver et en une demi-heure tous les huit étaient réunis. Le fourgon postal n'étant pas signalé, ils avaient pu rouler sans problème jusqu'à Nice et se garer dans le local. Les sacs postaux furent vite déchargés du fourgon et vidés sur les tables, ainsi que ceux du coffre de la 403.

Mathieu et Dominique avaient pris soin de se tenir hors de la lumière du local. Ils en avaient discuté et avaient convenu qu'il valait mieux rester incognito, seul Pierre-Simon Tosi connaissait Murati.

— Messieurs, commença Simon en se tournant vers la pénombre, voici Hans, l'instigateur de ce merveilleux coup et Ange, son associé. Ils préfèrent préfère rester dans l'ombre, moins nous nous connaîtrons, mieux ce sera. Vous devez déposer vos armes dans l'entrée, ce n'est pas un manque de confiance mais c'est que ça part vite ces engins, ironisa Tosi.

Tous obéirent sans mots dire sauf Ramos qui maugréa quelque chose tout en s'exécutant.

— Un problème « la Tchache », s'écria Pierre-Simon ?

— Non, ça va, ça va !

— Bonjour messieurs, nous ne sommes jamais vus mais je tiens à vous féliciter pour votre savoir-faire, ce fut un plaisir de travailler avec vous s'exprima Dominique en travestissant sa voix. Il avait un don pour changer sa voix comme il l'avait déjà fait au commissariat. Je ne connais aucun d'entre vous, sauf Tosi que je n'ai rencontré qu'une fois, mais je précise que lui ne m'a jamais vu, j'étais dans la pénombre et lui dans la lumière. Nous ne connaissons pas vos noms (là, Dominique mentait, Pierre-Simon lui avait fourni le pedigree de chaque homme, mais ils n'étaient pas censés le savoir), ce que nous ne savons pas, nous ne pourrons jamais le révéler, même sous la menace. Un proverbe chinois, je crois, exprime à peu près ce que je viens de vous dire : « la parole que tu n'as pas prononcée est ton esclave, celle que tu as dite devient ton maître ». Mon ami Hans maîtrise très mal le français aussi il préfère se taire, mais il vous réjouit également de votre formidable travail.

— Bien, reprit Simon, ce serait bien que deux d'entre vous aillent nous chercher du pain, du saucisson, du jambon et des bières, l'après-midi risque d'être long. Évitez les bistrots, allez plutôt dans une épicerie.

— On y go s'exclama « la tchache », tu viens avec moi George !

Les deux hommes sortirent, pendant que les autres commencèrent à faire l'inventaire du contenu des sacs tout en racontant leurs faits d'armes. Un quart d'heure plus tard, Ramos et Fagre étaient de retour avec de quoi se restaurer. Chacun d'eux dévora un sandwich, but une bière et ils se mirent au travail.

— Bien, on sépare les billets par coupure et on met les chèques à part, on les renverra aux banques, les bijoux sur cette table, les « bons du Trésor » sur l'autre, qu'est-ce qu'on a d'autre ? demanda Simon.

— Un petit sac de « Coke », des lingots, des Louis d'or et des Napoléons ! exulta Chardon.

— Le proprio du sac de drogue va faire une drôle de gueule ricana Tronéro.

— Bien, on va laisser faire la machine à compter. À toi, Tosi, dit Dominique du fond du local, et fais-nous rêver !

Simon commença à insérer des liasses dans la « compteuse », Tronèro les récupérait, pendant que Chardon notait les sommes sur un cahier. Le travail était relativement lent, les hommes prenaient leur mal en patience en sirotant leur bière.

— Quand nous aurons le total, dit Simon, on se répartira la part de chacun. 50 % à partager entre nos deux amis et moi-même, annonça Simon, nous avons eu des frais, et le reste est pour vous, c'est réglo les gars ?

— Ça nous semble parfait, dit Chardon, qu'en pensez-vous les hommes ?

C'est OK pour nous, s'écrièrent-ils, sauf José Ramos, toujours aussi excité.

— Quels frais vous avez eu pour que ça justifie un tel partage ?

— Les faux papiers de flics et de postiers, les bagnoles, le fourgon, les talkies-walkies, la machine à compter, tu crois que c'est gratuit, répliqua Simon.

— Les 20 000 francs du petit banquier fournis par Hans et la part de la 3e équipe, ajouta Dominique, avec un ton qui n'attendait aucune réplique.

— Quelle troisième équipe ? s'étonna Ramos.

— Celle que nous avons lancée, pour occuper les condés de Nice pendant deux mois. Vous croyez que quand on recherche six gars de votre trempe, ça ne se sait pas dans le milieu ? On leur a envoyé un leurre.

— Bon ça va, je ne m'étais pas rendu compte, bougonna Ramos.

— Alors quel est le total Chardon, voyons voir s'il correspond à celui de la machine.

— Moi j'ai 1 800 000 francs nouveaux sur mon cahier.

— C'est bien ce que dit la bécane, c'est fiable cette mécanique, dit Tosi. Comment fait-on pour les « bons du Trésor au porteur », il va falloir les partager aussi. Il y en a 500 à mille francs pièce. Il y a aussi huit lingots d'or, trente Louis d'or, cent dix Napoléons, pas mal de bijoux et la dope.

— Bien, ça nous fait 900 000 francs pour nous, plus trois lingots, 250 bons du trésor, quinze Louis, cinquante Napoléons, on vous laisse la « coke ». Pour les bijoux il faudra voir avec un fourgue ce qu'on peut en tirer, donc pour le moment Simon les gardera si vous êtes d'accord, plus tard chacun aura sa part.
Pour la came, vous réglez ça entre vous. C'est OK ? demanda Dominique du fond de la pénombre.

Tous les participants acquiescèrent sans discuter.

— Pas mal pour une matinée de travail les gars non ? Sans casse et presque sans problème, ajouta Tosi. Dommage pour les coffres clients, ils devaient avoir encore gros là-dedans mais il valait mieux être prudent, sinon le retour aurait pu être difficile pour nous tous. Ça s'arrose, fais péter les bières « La tchache » et après tout le monde récupère sa part et on se casse, s'écria Pierre-Simon.

— Je n'ai pas à vous dire qu'il va falloir être prudent pendant quelques semaines, les condés de Nice à Menton vont être sur les dents, ils doivent nous en vouloir à mort. Bien, tout le monde sort par la porte arrière, vous récupérez vos caisses et vous vous faites oublier, ordonna Dominique depuis la pénombre.

— Tu restes à Nice Simon ? demanda Chardon.

— Je me tire tout de suite à Marseille, j'ai ma BMW garée à deux rues, dans trois heures je suis sur le Vieux port avec des amis sûrs qui jureront que j'ai passé les fêtes avec eux. Allez les gars, peut-être à une autre fois.

Tout ce beau monde se sépara et quelques minutes plus tard, les deux hommes sortirent, Dominique ferma soigneusement le local à double tour en y laissant la 403, le fourgon postal et les restes du pique-nique. Ils avaient rendez-vous « A Casa Corsa » avec Brigitte qui devait déjà les attendre morte d'inquiétude.

Dominique alla récupérer sa voiture, retourna chercher Mathieu avec les sacs contenant le butin de la journée et ils prirent la route du restaurant sans se douter que José Ramos et George Fagre étaient cachés dans un recoin de porte.

— On va enfin voir leurs gueules aux deux génies ! On ne sait jamais ça pourra peut-être nous servir un jour ou l'autre, ces deux fumiers croyaient pouvoir baiser « La Tchache » sur le partage, on verra bien qui gagnera à ce jeu.

Ils furent tentés de les suivre, mais s'ils se faisaient repérer, ils n'étaient pas certains d'avoir le dessus, Mathieu et Dominique n'étaient pas du genre rassurant. Aussi estimèrent-ils plus sage de relever le numéro d'immatriculation et de regagner leur planque dans le Vaucluse.

— Gardes bien ce numéro George, peut être que ça nous servira un jour.

Avant d'arriver au restaurant, Mathieu fit arrêter la voiture près d'une cabine téléphonique, descendit, s'enferma et composa le numéro de l'AFP.

— Allo l'AFP, vous avez de quoi enregistrer, dit-il en reprenant l'accent allemand. Oui, répondit une voix de femme.

— Ici le commando Bastien-Thiry, nous revendiquons l'attaque des banques et de la poste de Menton. Pour être crédibles, je vais vous donner quelques infos connues de nous seuls, nous avons enfermé le personnel dans les salles des coffres, menotté le commissaire au radiateur de son bureau, menotté les postiers à des tuyaux de chauffage et, malheureusement, blessé légèrement deux employés récalcitrants. OAS vaincra ! « Algérie française » !

Une fois arrivés « A Casa Corsa », il raconta à son ami :

— Voilà, dit-il, j'ai eu l'idée cette nuit et je pense que ça mettra un peu plus la « merde », j'ai appelé l'AFP pour revendiquer les casses de Menton, au nom de l'OAS.

— L'OAS ! « L'alsacien » tu es un génie, d'une façon ou d'une autre les « condés » seront obligés d'en tenir compte, vu l'ambiance actuelle.

La nouvelle du casse de Menton et de la revendication de l'OAS furent annoncées à la radio et à la télévision à 18 h par un flash spécial.

Accardi était en train de manger un morceau au bar en face du commissariat, il avait toujours faim, quelle que soit l'heure.

— Mets plus fort, Albert, grouille, oh putain ! Qui a pu monter un coup aussi audacieux ? Mets sur ma note je monte.

L'inspecteur principal arriva, essoufflé, au 1^er^ étage et cria :

— Tout le monde dans la salle, vite, trouvez-moi le « breton » !

Tous les agents, déjà au courant des casses, se rassemblèrent et deux minutes plus tard Le Pennec arriva en courant.

— Préviens le commissaire, Patrick, demande-lui de nous rejoindre, il a dû entendre les infos lui aussi. Messieurs on s'est fait baiser sur toute la ligne, et j'ai horreur de ça, pas toi Patrick ?

Celui-ci, qui avait tout compris en entendant la radio, ne pipa mot.

— Ce fumier de Lefèvre nous a monté un bateau de première avec son soi-disant casse à Cannes. On va se le garder un petit moment pour reprendre la discussion. Je viens de comprendre ce qu'il s'est passé. La revendication de l'OAS, je n'y crois pas une seconde.

Le commissaire entra sur ces entrefaites.

— Continues André j'écoute !

— On s'est fait baiser les gars, nous n'avons pas vu venir le piège, et je viens seulement de comprendre la manœuvre. Le gars qui a monté ce coup est un génie, il avait prévu que nous serions alertés par nos indics, qu'un pékin cherchait trois équipes, et c'est ce qu'il s'est passé. Ce fumier nous a balancé un leurre, avec le soi-disant braquage à Cannes, et nous avons tous plongé, les deux équipes que nous avions repérées, filées, photographiées, n'étaient pas les bonnes. Oh Putain ! sauf ton respect Christian, pendant qu'on nous baladait de Nice à Cannes, les vrais casseurs s'expliquaient à Menton, un vrai coup de maître.

— On va être la risée des journaux si ça s'apprend, intervint le commissaire, alors je pèse mes mots, personne ne parle aux journaleux, je dis bien, personne, aucun commentaire compris ! Pour le moment, les journalistes pensent à l'OAS, donc même s'il n'y a qu'une petite chance pour que ce soit vrai, laissons-les écrire là-dessus. Pour l'arrestation de Lefèvre et de ses acolytes, nous nous expliquerons avec le juge en temps voulu, quand nous aurons du « biscuit ».

— Il faut me trouver ce fumier de Tosi, je suis certain qu'il est dans le coup, il faut prévenir toutes les forces de police, plus la gendarmerie. Je le veux dans mon bureau pour m'en occuper personnellement, intervint Accardi. « Breton » occupe-toi d'envoyer son signalement à toutes les forces de police. Ne te sens pas péteux, on a tous plongé.

— Terminé pour aujourd'hui les gars, dit le commissaire Noël, André et Patrick dans mon bureau pour voir ce qu'il y aurait de plus à faire. Messieurs, demain direction Menton, le juge d'instruction saisi par le procureur nous confiera l'enquête j'en fais mon affaire. Les collègues de Menton sont hors course et ça n'est pas de la compétence de la gendarmerie.

— Patrick, demain départ 7 h, prend des forces on en aura besoin. Au fait, les gars qui restent ici s'occuperont de « l'estaque », et d'autres zigotos, en les bousculant un peu plus on aura peut-être quelque chose, expliqua Accardi.

— Je vais mettre une autre équipe de trois hommes à votre disposition pour s'occuper des empreintes éventuelles et des photos à faire dans les locaux, pendant que vous vous occuperez des personnels bancaires et des flics mentonnais, conclut Christian Noël. Bonsoir les gars, et ne ruminez pas, nous avons tous merdé, nous ne sommes pas devins, le coup était imparable. Demain, j'irai m'expliquer avec ma hiérarchie.

Au même moment, Mathieu et Dominique attendaient Brigitte qui devait venir dîner avec eux « A casa Corsa ». Elle arriva avec un peu de retard, elle avait été retenue par un client. Elle était magnifique dans une jolie robe vert clair, sous un manteau noir, bien maquillée, ses cheveux noirs lâchés.

— Tu es adorable, lui susurra Mathieu en l'embrassant.

— C'est un plaisir de te revoir Brigitte, tu es resplendissante ! s'exclama Dominique.

Celle-ci rougit légèrement et prit place à la table et « Corsico » se leva pour aller préparer l'apéritif.

— Alors mon Mathieu, comment ça s'est passé, tu as l'air épuisé !

— Tout s'est déroulé comme prévu, mais la tension nerveuse a été intense. Tu as entendu la radio, il paraît qu'on a mis un beau bordel à Menton, il est vrai qu'on a fait fort.

— Je n'ai entendu les informations qu'à 20 h, toutes les radios en parlent, RTL, Europe I, Radio Monte-Carlo, mais à part les trois banques et la poste dévalisées, ils n'ont rien précisé de plus. Les journalistes ont surtout insisté sur la revendication de l'OAS. C'est bizarre, non ?

— Dominique qui revenait de la cuisine chuchota, ils viennent de confirmer la revendication par l'OAS à l'AFP, bien joué « l'alsacien », ça les promènera un peu plus, ricana-t-il.

— Cette nuit, j'ai eu l'idée de mettre un peu plus le bordel en faisant cette revendication. En ce moment, vu ce qui se passe et l'année des élections présidentielles, ça ne paraissait pas incongru, expliqua-t-il à Brigitte.

— Effectivement, c'est bien joué, approuva-t-elle en riant.

Pendant le repas, les deux hommes évitèrent de parler de la matinée mentonnaise, Mathieu était vanné, aussi Brigitte et lui-même ne s'attardèrent-ils pas. Il monta dans la Mini-Cooper de sa compagne et se laissa conduire jusqu'à Cimiez. En arrivant dans la résidence, il vit sa DS garée sur le parking, il l'avait laissée là avant les fêtes, afin de pouvoir retourner à Menton sans déranger Brigitte.

Aux environs de 20 h à Menton, le calme revenait peu à peu, tout le monde avait été libéré en début d'après-midi et en partie réconforté.

Quatre personnes étaient hospitalisées pour choc nerveux et les deux « héros » pour se faire recoudre le cuir chevelu, après avoir pris une monstrueuse engueulade par le capitaine Lejeune, pour avoir mis en danger leurs vies et celles de leurs collègues. Les rues s'étaient vidées assez rapidement en partie grâce aux militaires mais surtout au froid qui persistait, mais les gendarmes devraient de passer la nuit autour des banques, toutes les portes des agences étant hors d'usage.

Le capitaine Lejeune décida alors de rappeler le colonel Martine.

— Mon colonel, ici Lejeune, je viens vous faire mon rapport. Je souhaiterais garder les gendarmes, on va être obligé de veiller toute la nuit devant les agences bancaires et la poste, parce qu'ils ont braqué la poste aussi, oui mon colonel ! Je vais organiser des rondes avec mes hommes, les vôtres et les gendarmes de l'air. Les démineurs n'ont rien trouvé sur la porte de la banque, elle n'était pas piégée.

— Faites pour le mieux capitaine, quelle journée ! Ça réveille des fêtes les moments que vous venez de vivre ! Je vais faire tout mon possible pour que l'on confie l'enquête à la gendarmerie, nous l'avons bien méritée capitaine, la police nationale n'a pas été à la hauteur.

— Bien sûr, mon colonel, nous la méritons amplement. Mes respects mon colonel, à demain.

# Chapitre IV
# L'enquête

À sept heures le lendemain matin, Accardi, Le Pennec et Legrand dans un véhicule et les inspecteurs Molzino et Lepetit et le brigadier-chef Biggi dans une autre voiture prenaient la route de Menton. Le commissaire allait demander qu'on lui confie l'enquête dès qu'un juge d'instruction serait saisit par le procureur.

À 8 h 30 précises, Biggi et Legrand garaient leurs Peugeot devant le commissariat de Menton. Les six hommes entrèrent, et Accardi demanda à parler au commissaire Balgard.

— Bonjour brigadier, PJ de Nice, inspecteur principal Accardi.

— On m'a fait exactement la même demande hier et je me suis retrouvé menotté, vous avez vu où ça nous a mené. Le commissaire n'est pas là, il est souffrant, il ne se remet pas de la journée d'hier, répondit le brigadier Ramis à l'accueil.

— Cet après-midi, il faudra qu'il soit là, nous allons tous vous interroger, c'est la procédure. Qui le remplace ?

— L'inspecteur Murat.

— Où est-il brigadier ?

— Au premier inspecteur.

— Merci on monte.

Trente secondes plus tard, les six policiers niçois rencontraient l'inspecteur mentonnais.

— Bonjour, Messieurs, je vous attendais, voici les lieux où nous avons été retenus prisonniers ?

— Je vois, dit l'IP, ils vous ont molestés ?

— Pas vraiment, j'ai voulu intervenir et j'ai simplement reçu un léger coup de crosse sur le crâne, mais ils étaient agressifs verbalement et très déterminés.

— Bien, nous allons redescendre, voulez-vous participer à l'enquête avec nous, tout au moins pour les interrogatoires des banquiers et postiers. Nous prendrons vos témoignages cet après-midi quand le commissaire sera là.

— Très volontiers, j'ai envie de leur faire payer à ces fumiers ! rétorqua Murat.

— Allons-y, intervint Le Pennec, le maire a mis à notre disposition une grande salle à la Mairie, pour les interrogatoires, vous nous guidez s'il vous plaît.

Les policiers niçois récupérèrent leur véhicule pour se diriger vers la mairie. Il y avait déjà du monde qui les attendait dont une secrétaire municipale qui demanda à parler à l'inspecteur principal Accardi.

— On vous demande au téléphone, la PJ de Nice, suivez-moi s'il vous plaît inspecteur.

— Je vous suis.

— Allo, ici Accardi !

— C'est ton commissaire André, c'est le juge Rollond qui a été saisi par le procureur pour diriger l'enquête.

— Ça va, je le connais c'est un bon, un teigneux, il nous soutiendra. Merci Christian, je te rends compte dès que je peux.

— OK à ce soir.

Suivant les instructions données par Le Pennec, les services municipaux avaient fait installer quatre bureaux dans une grande salle, un pour chaque policier, avec du papier et des stylos. Le maire, tellement touché par les évènements de la veille, et appréhendant les prochaines élections après une telle publicité, désirait que les enquêteurs soient bien installés.

— Bien commença Accardi, on prend chacun une banque et toi Murat, on se tutoie hein c'est mieux, tu prends la poste.

— Très volontiers et merci pour ta confiance.

— Allez installez-vous et on y va, soyez sympas mais fermes et essayez de voir si quelqu'un a pu les renseigner, j'en doute, mais qui sait ? Ils sont bien séparés par banque avec interdiction de communiquer ! Bien, faites entrer les trois premiers banquiers et un postier pour Murat.

La matinée se passa en « votre nom, prénom, âge, quel poste à la banque, décrivez-nous l'attaque, comment ont réagi vos collègues, décrivez-nous les assaillants, avaient-ils des signes particuliers », etc., etc.

Vers onze heures, les quatre policiers firent une pause, pour voir où chacun en était, quand Murat s'approcha de Le Pennec.

— Au fait, pendant que nous sommes seuls, un de nos deux truands était allemand, et ça, c'est sûrement une piste. L'autre l'a appelé Hans, il faudrait peut-être voir dans les fichiers si on n'a rien dans ce genre.

— Tu as raison, On va vous interroger cet après-midi en présence de votre commissaire, on verra ce qu'en dise les autres.

Patrick Vounters n'avait pas encore été interrogé, il avait la mine défaite, il savait qu'il ne devait pas faire d'erreur et en y repensant il ne s'attendait pas à des attaques aussi violentes, il avait vraiment eu très peur. Il n'avait pu connaître auprès de ses collègues les questions posées, les policiers avaient interdit aux personnels de communiquer avant et après avoir été interrogés.

— Allez, on y retourne, dit Accardi, encore une heure et on va déjeuner. J'ai demandé que les personnels, non encore interrogés, restent dans la salle et qu'on leur serve des sandwichs, la maire a précisé que la commune paierait la note.

— Bonjour, je suis l'inspecteur principal Le Pennec, votre nom et prénom !

— Bonjour, monsieur l'inspecteur, je m'appelle Patrick Vounters, j'ai 25 ans.

— Comment vous sentez-vous aujourd'hui, ça va mieux, vous vous êtes remis de ces frayeurs ?

— Pas tout à fait, j'ai vraiment eu très peur, puis l'attente avant qu'on nous délivre a été terrible, les deux femmes n'ont pas arrêté de pleurer, et je dois vous dire que, moi-même, je n'en menais pas large.

— Est-ce que vous avez pu entendre un nom ou un prénom d'un des truands, ou un signe particulier ?

— Ils ne s'appelaient que par des numéros, Numéro 1, 2.

— Rien d'autre ? Qui leur a indiqué les coffres clients ?

— C'est moi, mais ils m'ont forcé. En ce moment c'est moi qui m'occupe des coffres des particuliers, le mois dernier j'étais caissier, on change de poste chaque mois.

— Décrivez-moi du mieux possible les agresseurs ?

— Un grand gaillard qui semblait être le chef, il portait de grosses lunettes et une moustache, l'autre plutôt de taille moyenne avec un béret et une barbe.

— C'est tout ?

— Personne n'osait les regarder, ils nous l'avaient interdit, ils faisaient vraiment peur, je vous assure !

— Rien d'autre, réfléchissez !

— Non, je ne vois pas monsieur, dit Vounters après quelques secondes de réflexion.

— Bien, vous pouvez disposer, vous restez à notre disposition. Pas un mot de notre discussion à qui que ce soit, conclut Le Pennec qui sentait que ce témoin n'était pas tout à fait crédible par rapport à ceux qu'il avait déjà interrogé. À voir, se dit-il !

Patrick sortit, soulagé, il était certain de ne pas avoir commis d'erreur. Bientôt, il toucherait sa part, enfin il l'espérait, ne sachant pas comment joindre son « bienfaiteur » dont il ne savait rien.

À 12 h 30, les inspecteurs allèrent déjeuner, sans aucune illusion sur l'issue de ces interrogatoires, mais il fallait les faire, le juge y trouverait peut-être quelque chose d'intéressant.

Pendant ce temps, les inspecteurs Molzino et Lepetit passaient au peigne fin les banques mais trop de choses jonchaient le sol. Morceaux de porte et de serrure, fils de téléphone, tiroirs vidés au sol, les portes des coffres clients suspendus à leurs charnières, des papiers et documents partout, un brave merdier ! s'écria Molzino. Ils prirent le plus de photos possible puis laissèrent les ouvriers commencer à travailler au remplacement des portes. Les directions régionales des banques faisaient pression pour que les agences rouvrent le plus tôt possible et les entreprises concernées attendaient que la police leur donne le feu vert pour intervenir.

Les interrogatoires reprirent après déjeuner, mais il n'en sortit rien de mieux. Vers 16 h, Accardi sonna « l'heure de la retraite » et les cinq policiers retournèrent au commissariat. L'inspecteur Murat, en chemin, signala à Le Pennec qu'un des employés de la poste lui avait signalé le comportement pas très clair d'une postière. Elle avait essayé de lui soutirer des renseignements sur leurs mesures de sécurité par sous-entendus, peut-être qu'il faudrait chercher de ce côté-là. Elle s'appelle Annie Portero, mais elle est en congé pour toute la semaine.

— On va lui envoyer une convocation, elle sera tenue de s'y rendre. Il y a également un employé du crédit lyonnais qui a signalé qu'un de leurs agresseurs avait un accent belge très prononcé et pour plusieurs employés de la Banque populaire, qu'un des agresseurs avait un accent pied-noir très prononcé. Son complice l'a appelé « la tchache », c'est lui qui a ouvert le cuir chevelu du caissier, il semblait très excité et faisait peur à tout le monde. Il faudra voir au fichier si on a ça, renchérit Le Pennec.

Le commissaire Balgard était déjà là quand les policiers niçois arrivèrent au commissariat, il attendait à l'accueil mais on le sentait fébrile.

— Bonjour commissaire, vous êtes un peu remis.

— Oui, ça va mieux. Inspecteur ?

— Inspecteur principal Accardi.

— Bien, vous voulez mon témoignage, je suppose, et bien le voici. Nous avons été pris par surprise, nous n'avons rien pu faire, l'allemand braquait sur nous un Luger, j'ai reconnu l'arme, et ils nous ont obligés à nous menotter nous-mêmes. Que fallait-il faire, nous laisser abattre ?

— Mais commissaire, je désirai simplement savoir comment ça s'est passé, c'est la procédure, vous le savez bien. Tous vos hommes vont être interrogés de la même manière.

— Vous avez raison, je m'énerve et je m'en excuse, je vous laisse faire votre métier messieurs.

Tous les hommes firent le même récit à quelque chose près.

— Bien, Molzino, Lepetit faites des relevés d'empreintes et des photos pendant que le « le breton » et moi-même on recueille les témoignages des collègues, les autres vont vous aider et on rentre à Nice dès que c'est fini. On se grouille, je fatigue ce soir, je n'ai plus de salive tellement j'ai parlé.

Une heure plus tard, tous reprenaient la route de Nice. Ils mirent une heure et demie pour rejoindre la PJ et montèrent directement voir le commissaire Noël.

— Alors, les gars, racontez !

— Je n'ai jamais vu un tel bordel, plus de vingt-cinq personnes enfermées et menottées, toutes les serrures forcées ou ouvertes au chalumeau par les serruriers du coin, les agences bancaires saccagées, au moins une soixantaine de coffres particuliers pillés. Pour connaître le montant des vols ça va être coton, l'argent de banque ça ira, mais pour les particuliers ce sera impossible, explosa Accardi.

— Le mec qui a imaginé ce casse est un génie, ils ont même fait croire qu'ils avaient piégé une porte, expliqua Molzino. Aucune empreinte, d'après les employés tous portaient des gants, on ne trouvera que celles du personnel ou des clients. Du boulot pour rien, même s'il fallait le faire.

— Et l'OAS, vous y croyez ? demanda le commissaire.

— L'inspecteur stagiaire Legrand s'exprima timidement d'abord puis s'enhardit. Ils ont besoin de fric pour monter leurs attentats, l'OAS est loin d'être morte et ils ont des gars capables de faire ce type de coup, ils en ont monté quelques-uns en Algérie pendant que j'y étais. Ils braquaient de gros commerçants ou les enlevaient pour obtenir une rançon, ils attaquaient des banques, des bureaux de poste, l'OAS a même usé du racket pour se financer.

— Merci, Legrand, pour cet exposé. Il est vrai qu'en cette année d'élection présidentielle, et depuis la condamnation à mort de l'ingénieur militaire Bastien-Thiry, le chef du commando qui a tiré sur De Gaule au Petit-Clamart, l'OAS a besoin de se relancer, et pour ça il lui faut du fric, renchérit le commissaire Noël.

— On verra ce qu'en pense le juge, tout est possible, ils ont pu sous-traiter avec notre ami Tosi sans qu'il ne le sache, marmonna Accardi, sans conviction mais vexé de s'être fait avoir.

— Tu crois le Pierre-Simon capable d'imaginer un coup pareil André ?

— J'en doute Christian, mais je suis certain qu'il y a grandement participé, ne serait-ce que pour le recrutement des deux vraies équipes que dis-je, des trois équipes, j'oubliais celle qui nous a baisés. Au fait est ce que les cinq gugus vous ont livré des infos ?

— Que dalle André et pourtant la Mondaine y a mis du sien. L'os, c'est qu'on ne pourra pas les garder longtemps, sauf si on raconte tout au juge. On ne peut plus lui cacher qu'on s'est fait avoir, il va nous prendre pour des « charlots », mais c'est un mec intelligent. On peut lui dire qu'on a trouvé de la drogue dans une des voitures, à lui de voir, et il ne pourra pas ne pas nous suivre. Bon, rentrez chez vous, vous êtes crevés. À demain.

— Attends, dit Le Pennec, Molzino et Lepetit vous repartez à Menton demain matin, déjà pour voir le capitaine de gendarmerie Lejeune, je crois. Faites-vous expliquer le déroulement de l'après-midi, j'espère qu'il sera coopératif, il paraît qu'il est bien, passez-lui un peu la pommade pour le sérieux de son action. Ensuite vous allez me réinterroger quatre banquiers, dont le jeune de la BNCI, Patrick, comment il s'appelle déjà ? Ah oui, Patrick Vounters. Il m'a semblé qu'il récitait son témoignage, ça ne faisait pas naturel. Balancez-lui le nom d'Annie Portero et voyez comment il réagit.

— Allez, essayez de bien dormir, demain la journée sera encore rude, dit Accardi.

Le lendemain matin 6 janvier, à 7 h, tout le monde est réuni au bar pour le café autour d'Accardi.

— Salut les gars, on se dépêche de boire, prenez des forces, ça va chier aujourd'hui. Ça y est ? Alors on monte. D'abord, deux d'entre vous, vont me faire « suer » les deux demi-sel, les frères Lourmi.

— Faites leur peur, il faut leur promettre les pires ennuis, ajouta Le Pennec. Nous on va s'occuper des trois autres, pour ceux-là il va falloir trouver autre chose, on va innover.

Ce même six janvier, onze trente à Marseille, au bar le Cintra sur le vieux port. Simon Tosi est en train de prendre l'apéritif avec des amis, quand une 403 s'arrête à quelques mètres d'eux, trois hommes en descendent.

— Meffi[12], voilà « la poule » ! chuchota un des trois hommes, à Tosi

— J'avais repéré, c'est pour moi, ils m'emmerdent sans cesse les poulets en ce moment. Tony, préviens le fourgue qu'il me garde les bijoux au chaud, je les ferai prendre.

— Comment ça va Pierre-Simon, tu travailles encore ? ricana l'inspecteur Enard.

— Qu'est-ce que j'ai fait encore ?

— Comment sais-tu que c'est toi qu'on vient chercher ?

— Une intuition peut-être !

— Allez suis-nous, sans faire d'histoire, Roger mets lui les pinces.

— C'est obligé inspecteur, je suis connu ici.

— C'est la procédure mon gars, allez donnes tes pognes et on y va, bonne fin de matinée messieurs.

Quelques minutes plus tard, la 403 Peugeot entrait dans la cour de l'Évêché, l'hôtel de police de Marseille situé à côté de la cathédrale d'où son nom. L'inspecteur appela aussitôt le commissaire Noël à la PJ de Nice, il l'avait connu quand celui-ci était à la PJ de Marseille.

— Allo Christian, ici l'inspecteur Robert Enard, tu te souviens de moi ?

— Bien sûr, Robert, comment vas-tu ?

---

[12] Attention en marseillais.

— Très bien surtout depuis quelques minutes. J'ai un cadeau pour toi, Tosi le corse, je viens de l'arrêter, si tu veux j'arrive avec une voiture et deux hommes et on te l'amène sur un plateau.

— Merci et bravo, Robert ! on t'attend avec impatience.

— On part tout de suite, le temps de mettre mon commissaire au courant, on a tous entendu parler de ce coup à Menton, une belle merde !

— Je ne te le fais pas dire. Merci encore, je vous invite ce soir.

Pendant ce temps à Menton, Molzino et Lepetit étaient reçus par le capitaine de gendarmerie qui fut très coopératif, il ne donna pas l'impression d'en vouloir à la PJ de lui avoir soufflé l'affaire, car il savait pertinemment que la gendarmerie n'était pas compétente en ville. Accardi avait eu raison de leur demander d'effectuer cette démarche. La rencontre dura une heure et les deux policiers prirent congé en félicitant vivement les gendarmes pour leur réactivité et leur professionnalisme. À 14 h, ils commencèrent les interrogatoires des quatre employés. Les trois premiers ne firent aucune difficulté pour répéter ce qu'il s'était passé, sans pratiquement modifier leurs précédents témoignages. À 15 h 30, ils firent entrer Patrick Vounters, ils avaient fait exprès de le faire passer en dernier.

— Asseyez-vous Monsieur Vounters, je vous en prie, désolé pour l'attente, je suis l'inspecteur Lepetit et voici l'inspecteur Molzino, dit-il gentiment.

— Bonjour messieurs, je vous ai déjà tout dit hier inspecteur, enfin je veux dire pas à vous, mais c'est pareil non ?

— Bien sûr, mais nous avons quelques zones d'ombre à éclaircir.

Patrick commençait à sentir la sueur lui couler dans le dos, il blêmissait à vue d'œil.

Il y a longtemps que tu bosses dans cette agence, dit Molzino employant subitement le tutoiement pour déstabiliser le jeune homme.

— Cinq ans, monsieur.

— Jamais de problèmes, jamais d'erreurs ?

— Non, non, bégaya-t-il, pourquoi dites-vous ça ?

— C'est une question comme une autre, tu n'as jamais d'ennuis d'argent.

Le jeune homme resta muet, ne sachant que répondre. Si les deux enquêteurs savaient quelque chose, que devait-il répondre ! Peut-être que celui qui lui avait donné l'argent pour rembourser ses dettes s'était fait arrêter et qu'il avait parlé. Il se sentait de plus en plus mal, les larmes lui venaient aux yeux sans qu'il ne puisse les retenir.

— Au fait, tu connais une employée de la poste qui se nomme Annie Portero ? Vounters blêmit de plus belle.

— Allez Patrick raconte nous ton problème. Lepetit l'appelait par son prénom pour le mettre en confiance, mais il avait compris que Le Pennec avait vu juste.

Patrick entre deux sanglots expliqua.

— L'année dernière, j'ai perdu, au Casino de Monte-Carlo, 20 000 francs en trois semaines à la roulette et au Black jack. Chaque semaine, je comptais me refaire, mais je perdais à chaque fois. Un soir en rentrant du casino je suis tombé en panne de voiture à Monaco et un homme m'a pris en stop.

Le pauvre garçon pleurait de plus en plus, il n'arrivait plus à parler.

— Calme-toi, tu veux boire un verre d'eau, autre chose ?

— Oui, merci, un verre d'eau. Il but son verre d'un trait et retrouva peu à peu son souffle.

— Ça va mieux ? Vas-y, continue.

— Il m'a demandé où j'allais et pourquoi je trembler comme une feuille, alors je lui ai tout raconté. Nous sommes allés boire un verre dans un bar et sans que je ne comprenne pourquoi il a proposé spontanément de me prêter la somme, puis il a ajouté qu'il aurait sûrement un service à me demander assez rapidement. Sur le coup j'étais soulagé, ainsi je pourrais remettre l'argent dans la caisse et rectifier les comptes que j'avais falsifiés, surtout que la fin du mois arrivait et qu'on allait me changer de poste comme c'est la règle dans mon agence.

— Prends ton temps, dit Lepetit, on t'écoute, mais n'omets rien.

— Le lundi matin suivant, une femme m'a apporté la somme à la banque, j'ai simulé une ouverture de compte, j'ai pu rectifier mes écritures, j'étais sauvé. J'avais donné mon téléphone à mon, comment dire, « bienfaiteur », le soir même il m'a appelé et a commencé à me demander des renseignements sur les banques du quartier en me promettant une récompense. Voilà, il m'a téléphoné deux autres fois pour d'autres informations, mais je ne l'ai jamais.

— Décris-le si tu peux, fais marcher tes méninges.

— Plutôt grand, cheveux blond-châtain, il a une Citroën DS blanche, mais en fait je ne l'ai vu que la nuit et une seule fois. C'est tout ce dont je me souviens, je suis désolé. Qu'allez-vous faire de moi ?

— Nous, on va rendre compte à nos supérieurs, qui aviseront le juge d'instruction. Quant à la banque, c'est son problème, mais tu peux faire une croix sur ton boulot mon gars. Décris-nous également la femme.

— Pas très grande, la quarantaine, ah oui ! elle avait une canne, elle boitait, il me semble, c'est tout ! Ma mère va en mourir, monsieur.

— On n'y peut rien mon petit, tu peux disposer, pour le moment tu es libre, évidemment tu ne quittes pas Menton, nous allons chez toi pour que tu nous remettes ton passeport et ta carte d'identité. Tu vas être convoqué par le juge d'instruction. Essaie d'expliquer ta bêtise à ta pauvre maman, elle comprendra j'en suis sûr. Vounters, ce n'est pas français, d'où es-tu originaire ?

— Mon père est norvégien, mes parents sont séparés, lui vit toujours à Oslo.

— Tu comprends pourquoi il me faut tes papiers d'identité, si jamais il te prenait l'envie de le rejoindre.

Patrick Vounters sortit de la salle en pleurant suivi des deux policiers.

— Pauvre gosse, chuchota Molzino pour son collègue, il s'est fait baiser comme nous, mais pour lui, ça va être dur à vivre.

Après avoir accompagné le jeune homme chez lui et récupéré son passeport, les deux inspecteurs prirent la route de Nice où ils arrivèrent vers 19 h 30. Ils trouvèrent les autres policiers attablés devant des sandwichs et des bières. La journée n'était pas finie.

— Alors les gars, bonne pioche, dit Le Pennec.

— Oh oui s'exclama Lepetit, c'est bien le petit Vounters qui est dans le coup ! Dès qu'on a balancé le nom de la postière, Annie Portero, il a tout craché. Il nous a décrit le mec, pas de signe particulier flagrant, la barbe, un léger embonpoint, la quarantaine, si ce n'est qu'il a une DS blanche, et sa complice a la quarantaine soi-disant elle boite et elle a des lunettes. Tu es le plus fort « breton », on dirait que tu savais que c'était lui.

— Il récitait trop bien, il savait qu'il serait interrogé, alors il avait répété, puis avec ce que m'a dit Murat au sujet de la fille, je savais qu'il craquerait.

— Qu'on demande à la préfecture, au service des cartes grises, le nom de tous les propriétaires de DS blanche, d'abord dans le département, on étendra la recherche s'il le faut. On fera ensuite le tri par âge, ordonna le commissaire. Bon, les gars, le divisionnaire a beaucoup gueulé sur le fait qu'on avait tardé à l'informer, puis il a reconnu que c'était imparable, alors il a demandé au juge de prolonger de 48 h la garde à vue des cinq zozos pour détention et trafic de « drogue dure ».

— On doit se démerder pour obtenir des aveux, il faut faire parler « l'Estaque » à tout prix. Qui a une idée ?

— Il faut aller chercher sa gagneuse, même s'il nie être un mac, et lui faire très peur. Elle s'appelle Mado et se défend sur la promenade ou la Californie à cette heure, précisa Le Pennec. Que les deux gars de la Mondaine aillent la cueillir, ils sauront la faire parler.

Le même soir, Christian Tronero et Hubert Stems « le Belge » n'avaient pas pu se retenir d'aller « claquer un peu d'oseille » comme ils disaient. Ce soir-là, ils avaient choisi une boîte à la mode de Juan-Les-Pins, la Siesta. Ils étaient attablés avec quatre jolies jeunes femmes court vêtues, eux sapés comme des milords, costard de tailleur, chemise et cravate de soie, « pompes » de luxes. Ils dépensaient sans compter, en champagne, whisky, cigares et pourboires. Malchance pour eux, l'inspecteur de la mondaine Raymond Colomba qui buvait un verre au comptoir repéra illico le manège, surtout qu'ayant reconnu Tronéro il trouvait bizarre que celui-ci puisse dépenser autant de fric. C'était un braqueur chevronné un peu mac à ses heures qui avait une ou deux filles qui tapinaient pour lui, mais ça c'était pour payer les fringues et les voitures. Pour dépenser autant de fric, ça ne pouvait venir que d'un braquage. Le personnage qui l'accompagnait sortait également volontiers les billets, or à part le coup de Menton aucun gros casse n'avait été signalé. Quand celui-ci se leva pour aller danser un slow avec une des filles, il avait l'air très imbibé et riait sans cesse. L'inspecteur se débrouilla pour passer prêt de lui afin de mieux le voir, il nota en l'entendant parler qu'il avait un accent prononcé, peut être belge. L'homme semblait tellement saoul, qu'il ne remarqua pas l'inspecteur. Colomba se dépêcha de regagner sa voiture pour rentrer à Nice, il avait été averti comme tous les policiers du département, que depuis les casses de Menton tout ce qui paraissait inhabituel pouvait être important.

Pendant ce temps à la PJ de Nice, la mondaine avait ramené, pas sans mal, dans leur bureau, Mado « la rouquine ».

— Assieds-toi, Mado.

— Qu'est-ce que je fais ici les « lardus » ? vous me connaissez, je n'ai rien fait de mal.

— Commence par être polie, ma belle, on va te dire pourquoi tu es là, dit le brigadier-chef Alain Sylva. Alors, nom, prénom, adresse, situation de famille, nombre d'enfants, profession.

— Vous vous foutez de moi, les mecs !

— Réponds ! dit brusquement l'inspecteur Maurice Antoni.

— D'accord, pas la peine de gueuler. Madeleine Lourmant, né à Saint-André de Nice, 25 ans, célibataire, une fille de trois ans. Ça vous va, mes chéris ?

— Ne fais pas la maline Mado, qui est ton mac ? ricana Sylva.

— J'en ai pas besoin, je gagne mon fric avec mon cul, c'est pas pour le refiler à un julot.

— « L'estaque », la « joncaille » tu connais ?

— Non c'est un ami à vous ?

— Ça va peut-être le devenir. Cesse de te foutre de notre gueule. Michel Lefèvre, lui, te le connaît non ?

— De vue, oui.

— Bon, tu n'as pas compris, alors je vais bien détacher mes mots. Tu vas tomber pour racolage, prostitution aggravée et complicité d'association de malfaiteurs. Dis-moi qui garde ta fille, Mado ? insista le brigadier-chef

— Merde, vous me gonflez ! C'est une nourrice, je suis fâchée avec mes parents.

— Comment elle s'appelle déjà ?

— Valérie, pourquoi ?

— Quand tu seras en tôle, la petite Valérie va être confiée à l'assistance publique, peut-être que tu pourras la voir une fois par mois, elle appréciera, la prison, ça doit être formateur pour une gosse, s'énerva l'inspecteur Antoni.

— C'est dégueulasse ce que vous faites, gémit-elle, bon qu'est-ce que vous voulez ?

— C'est vrai on est pourri ! Mais nous on veut Lefèvre, il nous a bien baisés, on veut lui faire payer. Qui lui a demandé de monter deux équipes pour ce soi-disant braquage à Cannes, et ne me dis pas que tu l'ignores, sinon ce soir tu dors au dépôt ! Réfléchis, on sort fumer, on revient et on t'écoute, et pas de salades OK ?

Pendant ce temps, Lefèvre, menottés au radiateur, continuait à ne pas vouloir répondre aux policiers.

— Tu t'entêtes Michel, nous avons un ami à toi dans la pièce à côté. Il sera peut-être bavard lui, ou mieux on peut lui dire que toi tu parles trop, qu'en dis-tu ? ricana Accardi.

— J'en dis que les poulets sont tous des fumiers !

— On va en reparler plus tard si tu veux, je passe dans la pièce à côté pour voir ton ami.

L'inspecteur principal sortit pour rejoindre Le Pennec et Biggi qui s'occupaient de Pierre-Simon Tosi.

— Alors Simon, tu es toujours muet ?

— Je n'ai rien à vous dire, ni à vous ni à vos deux bouledogues.

— Ce n'est pas grave, il y en a un qui parle pour toi, il est très bavard, mais ce n'est pas grave puisque tu le connais à peine, Simon. Michel Lefèvre dit « l'estaque » si tu préfères, tu le connais de vue seulement, non ?

— Vous me gonflez !

— On a une jolie photo de vous deux, pas ensemble, mais dans le même bar, le même jour à la même heure, qu'en dis-tu ricana Biggi.

— Foutez-la-vous où je pense les poulets.

— Le juge Rollond va apprécier ta coopération. Où as-tu passé les fêtes de fin d'année mon petit Simon ?

— À Marseille, plein de monde pourra en témoigner.

— Comme d'habitude, « breton », il a encore un alibi béton notre Simon, ou bien il nous prend encore pour des cons, hurla le brigadier-chef.

— Ne t'énerve pas Alexandre, ce n'est pas bon pour ton cœur. Ce coup-ci ça ne marchera pas son alibi, d'abord parce qu'on t'a vu, dans ta jolie BMW à Nice le dimanche 3 janvier tôt le matin, encore un truand qui a balancé, il t'a vu te garer quartier de Falicon, l'omerta se perd Tosi.

— Et alors les fêtes étaient passées non ? en disant ça, Simon se rendit compte qu'il venait de se piéger.

— Et le 4 janvier dans la matinée, où étais-tu mon ami, enchaîna Le Pennec ?

— Sur la route pour rentrer à Marseille.

— Bon en sortira pas Alexandre, je vais voir son ami dans la pièce à côté.

Tosi savait que Lefèvre était à côté, il espérait qu'il ne parlerait pas, mais il fallait qu'il fasse gaffe, il avait été imprudent tout à l'heure.

— Alors Mado, ça vient ou il faut les forceps ? hurla Antoni.

— Si mon homme sait que j'ai parlé, il va me tuer, dit-elle en pleurant.

— Que tu parles ou pas, de toute façon il tombera pour proxénétisme, tu viens de dire mon « homme », et toi avec. Si tu parles, il est bon pour quelques années au trou et avant qu'il n'en sorte, tu auras tout le temps de changer de métier. Ce n'est pas une vie le « tapin », alors c'est ta dernière chance, on t'écoute.

— C'est Pierre-Simon !

— Qui c'est ça ? demanda Sylva.

— Pierre-Simon Tosi, dit-elle en pleurant.

— Tu vois quand tu veux ! Et comment le sais-tu ?

— C'est Michel qui me l'a dit, oh mon dieu il va me tuer !

— Ne t'inquiète pas, là on va le mettre, il ne pourra rien te faire. Bien, on va mettre tout ça au propre, et tu vas signer ta déposition. Tu vas passer la nuit ici, demain matin tu seras libre de faire ce que tu veux.

Le brigadier-chef de la Mondaine, Alain Sylva, fit son rapport à Accardi.

— Merci les gars, à charge de revanche, cette fois on les tient le Tosi et la « joncaille », Simon ne craquera pas mais l'autre tient à sa petite vie tranquille de « julot », il ne fait même plus de braquage, c'est dire s'il est rangé des voitures. Allons le voir et proposons-lui un marché.

Tous les trois passèrent dans le bureau où Lefèvre était menotté, devant Biggi et Le Pennec.

— Alors, écoute bien « la joncaille », je ne vais pas le répéter deux fois, commença Accardi, une de tes gagneuses a bavé mon gars, elle nous a balancé Tosi.

Lefèvre fit mine d'envoyer bouler le policier quand :

— Attends avant de répondre voilà ce qu'on te propose, tu nous balances Simon et nous on oublie que tu es un « mac », tu ne tomberas que pour insulte à magistrat et association de malfaiteurs, j'en fais mon affaire auprès du juge Rollond. Tu sais que ce n'est pas un tendre, il déteste les « julots » et l'affaire de Menton c'est énorme. Tu as cinq minutes, on va sortir fumer une clope, à toi de voir !

Les cinq policiers sortirent et Le Pennec dit, je crois que c'est bon pour nous, s'il accepte de réfléchir sans gueuler c'est bon signe. Ils prirent leur temps et…

— Allez, on y retourne les gars, proposa Biggi, il doit être à point.

— Alors, Lefèvre, qu'en dis-tu ? l'apostropha Accardi.

— Il va falloir que je quitte le coin pour un bout de temps. Que voulez-vous savoir au juste ?

— C'est Simon qui a monté le coup ?

— Non, il a juste recruté les gars et il a participé à la « fête ».

— J'aime bien ta notion du mot « fête » Michel, ricana « le breton » Qui a imaginé ce « chef-d'œuvre » ?

— Alors là, parole d'homme, je ne sais pas et même Simon ne sait pas qui c'est. Il m'a seulement dit qu'il ne l'avait vu qu'une seule fois quand il l'a contacté pour le recrutement des équipes. C'était dans une boîte, au Chat noir, le gars qui se tenait dans la pénombre a expliqué ce qu'il voulait, il lui a remis 10 000 francs dans une enveloppe pour ses faux frais, mais Simon m'a dit qu'il était incapable de le décrire. Ensuite, c'est toujours l'inconnu qui l'a appelé, Tosi lui avait laissé des points de chute où le joindre.

En effet, Pierre-Simon s'était bien gardé d'expliquer à Lefèvre que c'était Dominique qui avait pris tous les contacts avec l'organisateur de l'affaire de Menton, en l'occurrence Vonner.

— Et le truc de Cannes c'était pour vous berlurer. Faites-moi tomber les gars, personne ne doit savoir que je suis une balance.

— OK. René ! on va t'arranger ça, mais d'abord on va noter tout ça et tu vas signer le PV.

Dans le bureau du commissaire Noël, Raymond Colomba l'inspecteur de la Mondaine, en compagnie de son commissaire à qui il avait rendu compte, racontait le manège auquel il avait assisté, à la Siesta.

— Super Raymond, on monte au fichier pour vérifier ça.

— C'est-à-dire qu'il est trois heures du matin commissaire, il n'y aura plus personne.

— Oh putain ! je vais envoyer tout le monde se coucher, demain il fera jour. Allez bonne nuit et encore merci.

Le lendemain, le juge Rollond en conférence de presse mentit en partie en annonçant l'arrestation de cinq participants aux attaques de Menton pour essayer de calmer la presse. Dès le lendemain des casses, les journalistes de la presse écrite, radio et télévision s'étaient précipités à Menton d'abord puis à Nice et depuis faisaient le siège de la PJ et du juge Rollond, en écrivant n'importe quoi puisque personne ne savait rien. Les commissaires mentonnais et niçois se refusaient à tout commentaire. Tous les médias penchaient unanimement pour la thèse de l'OAS, ce qui arrangeait bien la police et le juge.

Mathieu Vonner, après avoir entendu le juge d'instruction à la radio, décida d'aller déjeuner chez Dominique avec Brigitte. Celui-ci les installa à une petite table et dit :

— Je vous rejoins après le repas, je vous fais servir l'apéritif, à tout à l'heure.

— Tu as entendu la radio ce matin ? demanda Mathieu à Brigitte.

— Oui, ça t'inquiète on dirait !

— Pas vraiment, je me demande si c'est du flan ou non ! Avec les flics on ne sait jamais, peut-être que Doumé aura plus d'infos.

Le repas traînant un peu, Brigitte et son compagnon parlèrent d'autre chose jusqu'à ce que Dominique vienne les rejoindre.

— On se boit une petite cédratine les enfants ? Ange apporte ma bouteille s'il te plaît.

— Alors « Corsico », que penses-tu des nouvelles ?

— Ne t'inquiète pas, j'ai un pote à la PJ, il va m'en donner des fraîches, je l'ai fait contacter, il me doit un service. Même s'il ne participe pas à l'enquête il aura des tuyaux valables, pas ceux de la radio, capitu amicu miu[13] ! On se retrouve vers 16 h à l'Europe, sur la Promenade des Anglais.

Le matin même, tôt, à la PJ, malgré une nuit très courte, tout le monde était sur le pont. Le commissaire Noël monta directement au fichier.

---

[13] Compris, mon ami.

— Bonjour, Jean-Paul, tu as quelque chose à Tronéro, Christian ?

— Bonjour commissaire, je dois avoir, ça me parle en tous cas.

Après quelques minutes de recherche.

— Voilà, pas grand-chose sur Nice, à part qu'il aurait une ou deux filles qui bossent pour lui, mais tenez, lisez vous-même, patron.

— Effectivement, il s'est plutôt fait remarquer à Grenoble et sa région, mais il a souvent bénéficié de non-lieux. Il doit être copain avec Tosi celui-là.

— Dis-moi Jean-Paul, un gars grand, blond, plutôt maigrichon, avec un accent belge, ça te dit quelque chose ? demanda l'inspecteur Raymond Colomba.

— Holà, Raymond, je ne suis pas devin, moi, mais je vais étudier mes fiches et faire appel à ma mémoire, je vous appelle commissaire si je trouve ce gugus. Belge tu dis, je suis sûr d'avoir vu ça quelque part !

— Fais pour le mieux, on descend, j'espère à tout à l'heure tu es notre mémoire.

À 16 h, Mathieu s'installait à la terrasse couverte du bar l'Europe. Dominique arriva ¼ d'heure plus tard.

— Désolé mon ami, j'ai eu du mal à trouver une place. Que bois-tu ?

— Un demi.

— Garçon, deux demis, s'il vous plaît.

— Bon, j'ai eu mon gars, il se tut pendant que le garçon apportait les consommations. Voici les nouvelles : Simon s'est fait embastiller ainsi que toute l'équipe du leurre mais eux, c'était prévu.

— C'est tout ?

— Attends, il semblerait que ton petit protégé à Menton ait balancé, mais mon contact ne sait pas quoi. Et dernière chose et ça, c'est plus chiant, les poulets auraient repéré deux des braqueurs dans une boîte de nuit en train de « flamber » comme des cons.

— Ah, les abrutis, on leur a fait la leçon pourtant. D'après Simon, il n'avait choisi que des bons. S'ils se font pincer, il ne manquerait plus qu'ils s'allongent comme des caves. Dis-moi Doumé, « ton pays » il pourrait parler tu crois ?

— Jamais, je m'en porte garant « e u corsu », un Corse, ça ne trahit jamais ses amis, je suis comme son grand frère. Au fait, les flics ont demandé au service des cartes grises de lister tous les propriétaires de DS blanche.

— Ce n'est pas grave, mais il faudrait faire passer quand même un peu de blé au petit banquier, il doit être sans boulot à cette heure. En ce moment ma voiture est à Nice chez Brigitte, je vais continuer à habiter un peu chez elle et un peu à Menton et ne pas changer mes habitudes.

À 18 h, ce même jour, Jean-Paul Rato, le responsable des sommiers appela le commissaire Noël pour lui demander de monter le voir.

— « Breton » les fichiers nous appellent, Jean-Paul a dû trouver quelque chose, on monte.

— Alors Jean-Paul tu as une bonne nouvelle au moins, nous on piétine.

— Peut-être, j'ai deux belges à vous proposer, ça va être à vous de vous débrouiller. Voici le premier, dit-il en leur montrant une fiche, Salvatore Sancassagno, je sais ce n'est pas très belge comme patronyme mais il est né en Belgique, d'un père sicilien, mineur de fond et d'une mère belge. Il a opéré quelques fois en France dans le Nord ou en région parisienne, mais il a surtout sévi en Belgique, par contre il est châtain clair, grand et plutôt mince comme votre gars. Vous le savez mieux que moi, ces gars-là, ça peut bouger pour un bon coup. À vous de voir, il a quand même un signalement Interpol, c'est pour ça que nous l'avons au fichier pas d'adresse connue en France une seule à Bruxelles. Le second est peut-être plus intéressant, Hubert Stems dit le Belge a déjà opéré dans le midi. Une arrestation dans le Vaucluse pour un braquage, libéré au bénéfice du doute, une autre à Toulon pour racket avéré où il a pris cinq ans, dont trois fermes. Il fait un peu le mac à ses moments perdus et il a des parts dans un bar à « hôtesses » où celles-ci ne rechignent pas à monter avec un

« micheton ». Lui aussi est grand, mince, blond avec un accent belge prononcé. Dernière adresse connue, elle n'est pas d'hier, hôtel du port quai de la Joliette à Marseille. Voilà commissaire, c'est tout ce que j'ai il faudrait voir avec Interpol, qui sait ?

— Merci, Jean-Paul, beau boulot, on va faire avec.

— Patrick, dit le commissaire, il faut ratisser tous les hôtels, les meublés, vois ça avec la Mondaine ils ont les moyens et l'habitude. Contacte ton indic, il sait peut-être quelque chose, bouges-le.

— Je vais voir leur commissaire pour lui expliquer, on va lui rendre ses gars, il sera d'autant plus coopératif.

— Reviens vite nous sommes convoqués chez le juge Rollond André toi et moi pour faire le point. Je vous attends à la voiture.

Une demi-heure plus tard, les trois policiers étaient reçus par le juge d'instruction.

— Entrez, messieurs, dit le juge Rollond, je vous attendais, asseyez-vous, je vous en prie. Alors commissaire avez-vous avancé ?

Pierre Rollond est un jeune juge moderne, qui fait entièrement confiance à ses enquêteurs, n'hésitant pas à les couvrir en cas de coups durs et s'affranchissant parfois de la limite de la procédure pénale.

— Ça commence à donner Monsieur le Juge, on a un des braqueurs, Pierre-Simon Tosi, l'équipe du « leurre » au complet et on attend d'avoir logé peut-être deux autres membres de la bande.

— Bien, bien, il a avoué votre Tosi ?

— Non, pas encore, mais il nous a été donné par un complice précisa le « breton ».

— Vous savez bien que ce n'est pas une preuve inspecteur Le Pennec, il va nous ressortir un alibi en béton surtout que c'est sa spécialité l'alibi non ? Je vais tous les inculper, mais vous savez bien que si je n'ai pas plus de « biscuits », leurs avocats les feront sortir rapidement.

— Je sais, mais dès qu'on aura les deux autres présumés braqueurs, on pourra les confronter et espérer que ça craque.

— J'ai la presse sur le dos messieurs, ma hiérarchie qui me tanne, il me faut des preuves. Est-ce Tosi l'instigateur du coup ? Il y avait huit hommes si on compte ceux du commissariat, qui sont les autres ? Et cet allemand, d'où sort-il ? Je sais ça fait beaucoup de questions. Au fait, avez-vous pu avoir une idée du préjudice subi par les banques et la poste ?

— C'est difficile à estimer, interevint Accardi, pendant le long week-end, les commerçants ont déposé les enveloppes de leur recette de trois jours dans les boîtes de la banque prévues à cet effet. Les trois agences attaquées n'ont pas eu le temps de les relever le matin du 4 janvier. Le temps de convoquer tous les commerçants avec le récépissé de leur dépôt, ça risque d'être un peu long. Nous avons demandé à chaque directeur de contrôler ce qu'il avait comptabilisé l'année précédente, nous aurons peut-être une idée. Quant aux particuliers qui ont eu leur coffre fracturé, ceux-ci ont été convoqués, mais là aussi certains s'abstiendront de tout déclarer à cause du fisc. En ce qui concerne les chèques, les truands ont promis de les renvoyer par la poste, on attend de voir ça. De toute façon, le préjudice doit dépasser le million d'après les chefs d'agence.

— Bref, nous sommes certains que Tosi n'est pas le cerveau des casses, il a recruté et participé, précisa Le Pennec. D'après ce que nous a raconté Lefèvre, on aurait fixé rendez-vous par téléphone à Tosi et il aurait rencontré un homme dans une boîte de nuit à Nice, « Le Chat Noir ». Celui-ci lui a demandé de former trois équipes, il lui a remis 10 000 francs d'avance pour ses frais et tout le reste s'est fait par téléphone. C'est toujours le mystérieux interlocuteur qui l'appelait, dans un des points de chute du corse.

— Vous voyez que la piste OAS n'est pas à négliger, reprit le juge, c'est tout à fait leur façon d'agir. Je ne veux pas mettre les RG ou la DST sur le coup ils vont faire fuir le gibier, n'empêche qu'eux seuls ont vraiment accès à ce milieu, principalement à Nice, Marseille ou en Corse. Ou alors c'est un coup d'une officine politique, votre Tosi il fréquente ce milieu ?

— À notre connaissance non, il est lié principalement aux milieux marseillais et corses, mais il ne se mouille jamais dans la politique.

On en connaît un bout sur lui mais on ne peut rien exclure tant qu'on ne connaît pas ceux qui ont monté ce coup de génie, répliqua Accardi.

— Un coup de génie qui nous a bien mis dans la merde, excusez l'expression messieurs. Bien, je vais relire vos interrogatoires, voir si quelque chose ne nous aurait pas échappé. Merci et apportez-moi des résultats que je puisse fermer le bec à tous ces emmerdeurs.

— On travaille jour et nuit, ça va payer, c'est obligé, monsieur le juge, bonne soirée, dit le commissaire.

— Bon, je vais rentrer Christian, je suis crevé, le week-end sera plus calme, je passerai demain à la mondaine pour voir où ils en sont, soupira Le pennec.

— À demain, prends des forces Patrick, et toi aussi André, repose-toi, conseilla Noël.

Vonner avait demandé à Brigitte, qui avait rendez-vous avec un client à Menton, d'aller chercher son courrier et de laisser sa paie du mois à la femme de ménage ainsi qu'un mot lui expliquant qu'il s'absentait pour quelque temps. En repartant, elle croisa la concierge, qui lui expliqua que la police lui avait remis une convocation pour Monsieur Vonner.

— Merci, madame, je vais la prendre, je lui téléphonerai pour le prévenir.

Elle reprit la route de Nice, angoissée, elle avait hâte de retrouver Mathieu pour lui faire part de ses craintes. Quand elle rentra chez elle, il n'était pas là. Il arriva quelques minutes plus tard, en nage, il était allé courir pour se détendre.

— Ça ne va pas, lui dit-il, en voyant sa mine défaite.

— Je suis allé chercher ton courrier, la concierge m'a remis une convocation de la police, tiens je n'ai osé la lire.

— Tu pouvais, je n'ai pas de secret pour toi. Voyons ! Je suis convoqué au commissariat de Menton cette semaine, à ma convenance pour le jour et l'heure. Je vais réfléchir mais je pense que je vais y aller, ils ont dû convoquer tous les propriétaires de DS. Ne crains rien, personne ne me reconnaîtra, surtout que j'ai rasé ma barbe, je n'ai pas de lunettes, pas d'embonpoint et même le petit banquier se taira, je lui fais trop peur. Il a sûrement reçu son fric « Corsico » lui a envoyé quelqu'un de sûr, il tiendra sa langue. Je vais quand même en parler à « Doumé » si on allait déjeuner chez lui, qu'en penses-tu ?

— Oui, je veux bien, mais je suis secouée, tu sais, dit-elle en se jetant dans ses bras, je n'ai pas ton cran, on dirait que rien ne te fait peur.

— Il y a longtemps que je n'ai plus peur, tu sais, elle a été ma compagne pendant vingt ans. Allez, je me douche et on y va, dit-il en l'embrassant tendrement.

Ce samedi midi, « A Casa Corsa » était quasiment complet, Dominique leur attribua une table, je reviens, dit-il, mais en voyant la tristesse de Brigitte il s'exclama :

— Que se passe-t-il « l'alsacien », Brigitte a l'air fatigué et triste.

— Tu pourrais t'asseoir deux minutes Doumé ?

— OK, raconte !

— Elle se fait du souci parce que je suis convoqué chez les flics de Menton et j'ai l'intention d'y aller, qu'en penses-tu ?

— Ils vont sûrement faire venir le petit banquier, je lui ai fait parvenir son fric avec un mot il ne mouftera pas. Je pense que tu peux y aller, les condés ne pourront pas te reconnaître. Ne te fais pas de bile ma petite Brigitte tout ira bien.

— D'accord, mais je n'ai pas vos nerfs, moi, je ne suis qu'une faible femme dit-elle en riant. Allez sers nous un apéritif que je me remette.

Le samedi, l'inspecteur Le Pennec monta à la mondaine pour avoir des nouvelles des hommes recherchés.

— Rien de nouveau Patrick, mais c'est le week-end on a moins de monde, appelle demain matin on ne sait jamais, va te reposer tu as une tête de « déterré ».

— OK j'y vais, on fait comme ça, à lundi ou peut-être à demain.

Le lundi 11 janvier au matin vers 7 h, Accardi, le Pennec et Legrand prenaient leur café au bar, quand le commissaire Noël entra en trombe.

— Salut, les gars, je viens de la Mondaine, ils ont logé les deux gus, vite ils nous attendent pour les cueillir.

— On se magne les gars, tous aux voitures ! s'écria Accardi, marque-nous ça Lucien !

Trois Véhicules quittèrent la PJ en direction du boulevard Pasteur où se trouvait un petit meublé tranquille. Les policiers se garèrent dans une petite rue adjacente et les huit hommes se séparèrent en deux groupes.

— Quatre gars avec Patrick et moi c'est nous qui entrons, Christian tu restes avec les deux autres pour assurer nos arrières si jamais il y a une autre sortie, expliqua Accardi.

L'inspecteur principal pénétra dans l'hôtel suivi de Biggi, Legrand et Molzino, Antoni et Le Pennec.

Le gérant leur indiqua sans problème les chambres des deux suspects.

— Chambre 8 et 12, au 1er étage, elles sont face à face, ils sont là.

— Merci, restez là on monte, ne vous avisez pas de les prévenir ou je fais fermer votre établissement et vous finirez en tôle.

Accardi et Biggi se placèrent devant la 8, Molzino et Legrand devant la 12, le « breton » surveillait l'escalier afin que personne ne monte ou descende et Antoni bloquait les autres chambres.

— On y va ensemble les gars, chuchota, Accardi, Go !

Les quatre hommes enfoncèrent simultanément les deux portes, armes aux poings.

— Police, personne ne bouge, mettez-leur vite les pinces, les gars, ordonna l'inspecteur principal.

Les deux hommes surpris en plein sommeil n'opposèrent aucune résistance. Ils puaient l'alcool et le tabac, sans doute le reste d'une nuit agitée. Les deux jeunes femmes se mirent à crier surprises elles aussi en plein sommeil.

— Pas de panique mesdemoiselles, police !

— Laissez-nous au moins nous habiller au lieu de vous rincer l'œil, vicieux, s'écrièrent-elles !

— Dépêchez-vous, sapez-vous derrière le paravent. Vous, les deux gars restez bien couchés sinon on cogne. Patrick vient surveiller les deux filles.

En deux minutes, elles s'étaient vêtues et un policier les embarqua menottées dans le fourgon qui avait suivi les trois voitures. Les deux gangsters passèrent leurs vêtements sous la surveillance accrue des inspecteurs, puis les deux truands à peine réveillés furent assis sur des chaises et menottés dans le dos.

— Biggi dit au commissaire de monter. Bonjour, les hommes, vous voulez un café pour vous réveiller ?

— Qu'est-ce que vous foutez là ? cria Tronéro enfin réveillé.

— Vous n'êtes pas contents, on vous offre le café, ricana Accardi. Tu vois, Christian, dit-il en s'adressant au commissaire, ils ne sont jamais contents ces mecs.

— Moi j'en veux bien un, dit Stems, avec son inimitable accent belge.

— Patrick, commande-nous du café pour tout le monde avec des croissants, dit au garçon de nous les monter. Pendant ce temps, fouillez-moi les « carrées » des deux endormis, on va sûrement y trouver des armes.

— Hé les poulets ! Vous nous dites ce qu'on a fait, vous nous tirez du lit avec nos fiancées, vous nous braquez on a droit à une explication non ? Elles sont où les filles au fait ? tonna Tronéro.

— Ça va venir mon gars, profites du café et des croissants tu n'en auras pas tous les jours là où tu vas aller pendant quelque temps, ricana Biggi. Quant aux filles on vérifie leur identité pour le moment, je suis sûr qu'il y en a au moins une qui est mineure, on rajoutera détournement de mineure à votre pedigree. Et les deux pétards c'est pour remuer votre café les hommes ! explosa-t-il en montrant les armes que venait de trouver Legrand.

— Alors vous êtes en veine de pognon les hommes, vous avez des gagneuses de première on dirait ? commença Le Pennec, belles voitures, beaux costards, boîtes de nuit chics, champagne, gros cigares, vous pouvez être fiers d'elles !

— On ne voit pas de quoi vous parlez les perdreaux et on vous emmerde, répondit Tronéro.

— Il est muet, ton copain Tronéro, c'est toujours toi qui parles « grande gueule » !

— Je ne parle pas à la flicaille sauf pour lui dire merde.

— Tiens, il se réveille, le Belge monsieur Stems a bien dormi ?

— Bon les hommes d'où vous sortez tout ce fric, s'énerva Accardi en sortant une sacoche du conduit de la cheminée ! Vous le fabriquez ou quoi, faites-nous-en profiter.

— On a gagné aux courses, au tiercé, un très gros tiercé.

— Bien, quand et où, il faut qu'on puisse vérifier où vous êtes-vous fait payer ces gros gains ?

Silence des deux hommes, mais on entendait leurs cerveaux tourner pour trouver une réponse. Ils se rendaient compte qu'ils avaient déconné, mais heureusement, il n'y avait dans la sacoche qu'une toute petite partie de leur part, le reste était bien caché dans une de leur planque.

— Bon, on embarque tout ce beau monde à la PJ, on finira là-bas, dit le commissaire.

Le panier à salade et les trois voitures reprirent la route du commissariat et dès l'arrivée on fit monter les truands dans le bureau du commissaire.

— Si vous arrêtiez de jour aux cons cinq minutes ! Vous avez eu le temps de réfléchir pendant le voyage non ? Je vais vous dire d'où il vient ce blé. Le lundi 4 janvier, vous étiez à Menton, en compagnie de six autres fumiers et vous avez mis à sac trois banques et la poste, s'énerva le commissaire.

— Du fric dans le conduit de la cheminée, tu entends ça « le belge », merde si on avait su !

— Continues, dit Biggi, en lui mettant une claque, nous on a tout notre temps on est bien assis, à midi on ira déjeuner, qu'en penses-tu le Stems ?

— On n'a jamais mis les pieds à Menton, on ne sait même pas où c'est, hurla-t-il.

— OK, alors d'où vient ce pognon ? notre patience a des limites je te le demande une dernière fois cria Legrand après je passe aux choses sérieuses. On a au moins dix témoins prêts à vous reconnaître. Pas la peine de les faire venir on va leur envoyer vos sales gueules, ils auront peur rien qu'en les voyants, ça va leur rappeler de mauvais souvenirs.

— Bien, ordonna Christian Noël, Biggi fais monter le gros, il est expert en maniement du bottin, avec leurs grosses têtes il va se régaler. Vous allez voir, c'est un gars de la Mondaine, il déteste les « julots » c'est plus fort que lui. Il parie souvent avec ses collègues sur le premier qui craque, il s'est déjà fait pas mal de fric avec ça !

— Qui est « julot » ici ! hurla Tronéro.

— Ton ami Stems, ici présent qui a une boîte pourrie sur l'avenue de la Californie où les « hôtesses » montent avec les clients. Et toi abruti, comment le flic de la mondaine t'a reconnu, il va venir avec ta fiche et on pourra même te dire les prénoms de tes deux « fiancées ».

Les deux hommes se regardèrent sans piper mot.

— Silence éloquent, messieurs les souteneurs, ironisa Accardi.

Biggi sortit du bureau en ajoutant, je vais chercher le gros !

— Ne déconnez pas les gars, chuchota Le Pennec aux oreilles des deux hommes, on sait que vous y étiez, on peut même vous dire avec qui. Pierre-Simon Tosi est dans nos murs, lui aussi nie et comme vous, à Menton on l'a reconnu sur les photos. Au besoin on vous emmènera là-bas tous les trois pour vous confronter aux témoins qui seront ravis de vous reconnaître.

— Le gros s'échauffe, dit Biggi qui revenait en ricanant, et il cherche le bottin le plus dur.

— On vous laisse ¼ d'heure de réflexion vous pouvez fumer après on ne pourra plus rien pour vous. Tiens Legrand, demande à la Mondaine d'aller cueillir les gagneuses de ces messieurs, en tôle ils n'auront pas besoin de fric, autant les libérer de leurs macs.

Les quatre policiers sortirent et un planton entra pour surveiller les deux hommes.

Pendant ce temps Mathieu Vonner roulait vers Menton, il avait décidé de se rendre au commissariat à la suite de sa convocation. Il arriva vers 13 h, alla déjeuner d'une salade niçoise dans une brasserie proche et à 14 h 15 se présenta à la porte du commissariat.

— Bonjour monsieur, je m'appelle Mathieu Vonner, j'ai rendez-vous, dit-il en présentant sa convocation au planton.

— Bonjour, Monsieur, je préviens l'inspecteur Murat. Allo, inspecteur, j'ai ici un certain monsieur Vonner que vous avez convoqué.

— Je descends, répondit-il, la PJ de Nice lui avait demandé de poursuivre l'enquête à Menton au détriment du commissaire Balgard, présent aujourd'hui pour la confrontation mais qui depuis le 4 janvier restait chez lui toujours très choqué.

— Bonjour Monsieur, voulez-vous bien me suivre s'il vous plaît, je suis l'inspecteur Murat, dit-il en dévisageant Mathieu.

— Pourriez-vous me dire pourquoi je suis convoqué inspecteur ?

— Je vais vous le dire dès que nous serons à l'étage, suivez-moi, je vous prie.

Les deux hommes montèrent au 1er étage où se trouvaient déjà rassemblés tous les protagonistes du 4 janvier.

— Puis-je voir vos papiers, monsieur s'il vous plaît ? Tiens, vous habitez à Menton ! ironisa-t-il.

— Oui au super-Garavan, depuis un peu plus d'un an, mais je vais mettre mon appartement en vente, Menton est une jolie ville, mais je m'y ennuie, je vais aller vivre à Nice avec ma compagne, rétorqua Vonner qui avait senti l'ironie de l'inspecteur.

— Et avant ?

— Même si je n'y suis pas tenu, je veux bien vous répondre, mais ça ressemble fichtrement à un interrogatoire. En Afrique noire, pour être plus précis au Congo.

— Et qu'y faisiez-vous si ce n'est pas indiscret ?

— C'est indiscret, effectivement. Je travaillais pour un consortium belge propriétaire de mines de diamants et d'or comme responsable du personnel.

— Très bien, très bien ! et depuis que vous êtes en France ?

— Je vis de mes rentes, des placements que j'ai effectués quand je travaillais.

— Vous avez fait la dernière guerre, monsieur Vonner ?

— C'est utile pour ce que vous avez à me demander inspecteur ?

— Ça pourrait ! Répondez, je vous prie, monsieur ! dit Murat en élevant la voix.

— Pourquoi haussez-vous le ton monsieur ? Ai-je écrasé quelqu'un, brûlé un feu rouge ?

— Je vous prie de répondre à mes questions sans discuter, monsieur Vonner, répliqua Murat.

— Non, je ne résidais pas en France comme je viens de vous le dire, donc je n'ai pas été mobilisé. Et vous-même inspecteur ?

— Oui, et j'ai passé quatre ans dans un stalag.

— Un de mes amis aussi a eu la malchance d'être fait prisonnier en 40, et comme vous il y a passé toute la guerre.

— Bien, pour le moment, restons-en là ! Messieurs, voici Monsieur Vonner, possesseur d'une DS Citroën blanche. Est-ce l'un des hommes qui nous a agressés ?

— Agressé ? J'aurais agressé l'un de vous s'étonna Mathieu.

Le silence se fit dans la pièce, puis le commissaire Balgard intervint.

— Moi je ne le reconnais pas en tous cas et vous messieurs qu'en pensez-vous ?

Un à un les policiers présents dévisagèrent Vonner et aucun ne le reconnut comme un de leurs agresseurs.

— Et vous inspecteur, dit le commissaire vexé qu'on lui ait retiré l'enquête.

— Moi non plus, convint Murat malgré lui. Je suis désolé de vous avoir fait déplacer, mais il reste encore quelqu'un que vous devez voir. Allo l'accueil, faites monter le témoin s'il vous plaît.

Trente secondes plus tard, Patrick pénétrait dans la pièce.

— Monsieur Vounters, regardez bien cet homme, est-ce lui qui vous a pris en stop ?

Pendant quelques courts instants, le jeune homme fut tenté de reconnaître Mathieu, mais quand il croisa son regard bleu, la sueur se mit à couler dans son dos, celui-ci lui faisait beaucoup plus peur que tous les policiers présents.

— Non, je ne connais ce monsieur, je suis désolé inspecteur.

— Vous en êtes sûr, Vounters ?

— Oui, Monsieur l'Inspecteur, sûr et certain. Les 10 000 francs qu'il avait reçus et la peur panique qu'il ressentait en présence de « l'alsacien » y étaient pour beaucoup dans son refus de le reconnaître.

— Monsieur l'inspecteur, pourriez-vous me dire ce que je fais ici, pourquoi le fait de posséder une DS blanche me fait convoquer par la police.

— Vous avez entendu parler des banques attaquées il y a quelques jours ?

— Évidemment, je lis les journaux et j'écoute la radio, et alors ?

— M. Vounters, ici présent, aurait renseigné les braqueurs et surtout leur chef. Il nous a signalé que celui-ci possédait une DS blanche et qu'il avait environ 40 ans Alors nous avons répertorié tous les automobilistes possédant ce type de véhicule, une petite dizaine correspondait à l'âge nous les avons tous confrontés, comme vous. Voilà pourquoi vous êtes ici, monsieur. Vous êtes né en Alsace, monsieur Vonner ? insista Murat.

— Oui à Strasbourg, pourquoi ?

— Donc vous parlez allemand !

— Allemand ? Juste quelques mots appris pendant ma scolarité. Vous savez messieurs, depuis la dernière guerre les Allemands ne sont plus très bien vus en Alsace ou en Lorraine, souvenez-vous que nous avons été annexés.

— Pourriez-vous me traduire cette phrase en alsacien, je vous prie ? demanda Murat qui avait toujours des doutes.

— Le dialecte alsacien vous intéresse inspecteur ? Mathieu s'exécuta en prenant soin d'utiliser le patois de sa grand-mère originaire de Wissembourg.

— Merci, monsieur Vonner, nous en avons fini.

— Merci messieurs, je peux donc disposer, peut-être nous croiserons nous dans Menton un jour monsieur l'inspecteur S'il devait y avoir une seconde convocation, je vous prie de vous adresser à mon avocat dont voici les coordonnées. J'ai la double nationalité, franco-belge, mon consul serait ravi d'apprendre qu'on me convoque deux fois parce que je possède une DS blanche Je vous souhaite de la réussite dans vos recherches. Bonne journée, Messieurs.

— À peut-être une autre fois, monsieur Vonner, répondit froidement l'inspecteur.

Murat renouvela à Patrick Vounters l'interdiction de quitter la ville, il serait bientôt convoqué par le juge Rollond.

Mathieu reprit la route de Nice dans la mini Cooper de son amie et se rendit directement au restaurant afin de la rassurer, elle qui depuis la veille tremblait de peur malgré les paroles rassurantes de Dominique. Quand Mathieu arriva, elle se jeta dans ses bras tandis que celui-ci faisait un clin d'œil à Dominique.

— Tout s'est bien passé Doumé, tu vois ma belle qu'il ne fallait pas s'inquiéter, même le petit banquier ne m'a pas reconnu, les 10 000 francs et la peur que je lui inspire y sont pour beaucoup. Il va être incessamment convoqué par le juge, mais j'ai confiance, il peut toujours chercher ce juge personne ne m'a vu.

— Allez venez tous les deux, on va arroser ça.

Au commissariat de Nice, Tronéro et Stems attendaient le retour des policiers. Ils s'étaient concertés et avaient convenu qu'il était plus sage de parler.

— Alors messieurs, vous avez réfléchi où je fais venir le « gros » ? aboya Biggi.

— OK, avoua « le Belge », on y était à Menton.

— Qui vous a recruté demanda Le Pennec et attention à ce que vous allez dire !

— C'est Simon Tosi, balbutia Tronéro.

— Qui est au-dessus de lui ?

— Ça, on n'en sait rien, on vous le jure !

— Et les autres, vite leurs noms, vous commencez à nous gonfler.

— On ne les connaît pas, on s'appelait par des numéros, Simon numéro 1, moi le 2 et ainsi de suite.

— Comment êtes-vous allés à Menton ? demanda Accardi.

— Nous sommes arrivés la veille tous les six dans deux bagnoles et on s'est répartis dans des hôtels.

— Quelles bagnoles et quels hôtels vite ? Vous commencez à nous emmerder.

— Une Peugeot 403 et une Citroën ID19. Moi j'étais à l'hôtel des Arcades, pas loin des banques, balbutia Stems. On a attendu une bonne heure le matin du 3 avant de trouver des places à proximité des banques.

— Où elles sont maintenant ces bagnoles ? cria Le Pennec.

— On les a laissées derrière la poste dans une petite rue, mentit Stems, la 403 se trouvant à Nice rue de Falicon.

— Et toi Tronéro ? hurla Biggi, quel hôtel ? Réponds vite tu me fatigues vraiment ma patience est à bout.

— À l'hôtel de la Place en face de la mairie.

— Et les autres ?

— Il y en avait un avec moi, mais je ne connais pas son nom, que son prénom Yvan. Les autres je ne sais pas.

— « Breton », appelle l'inspecteur de Menton, demande-lui d'aller voir ces deux hôtels, et qu'il vérifie si les deux voitures sont toujours là.

— Et où avez-vous fait partage ? aboya Accardi.

— Dans un hangar, rue de Falicon à Nice. On vous montrera si vous voulez.

— Bien sûr qu'on veut. Où exactement rue de Falicon ?

— Au numéro 6, entre un bar et les glaciaires de Nice, c'est écrit en gros sur la façade.

— Patrick demande au juge un mandat, envoies deux hommes le prendre et qu'ils aillent voir ça rapidement avec un serrurier et qu'il me rende compte. Donc vous avez vu les autres à ce moment-là, tout à l'heure vous allez pouvoir nous faire une description précise des gars.

— Comment avez-vous quitté Menton après les casses intervint le commissaire.

— Nous on a pris le car, et d'autres le train mentit Tronéro.

— Donc dans ce local, vous avez compté les billets, il devait y en avoir un paquet non ?

— On avait une machine à compter.

— On ne se refuse rien les hommes !

— Nous ne sommes que des exécutants geignit le « belge ».

— C'est ça, les SS disaient la même chose en 1945. Vous avez quand même enfermé plus de vingt personnes pendant plus de cinq heures, certaines ont fini à l'hôpital et seront peut-être marquées à vie. Bon passons, et le montant exact de cette matinée vous le connaissez ?

— Environ 1 800 000 francs environ.

— Un sifflement sortit des lèvres du commissaire, bravo, vous ne vous êtes pas levé pour rien ce 4 janvier. Et celui ou ceux qui ont monté ce coup étaient présents donc !

— Oui, dit Stems, ils étaient deux, mais ils sont restés dans la pénombre, il y en a un qui a parlé pour nous féliciter, et l'autre soi-disant ne pratiquait pas le français. Il n'a pas dit un mot. Celui qui s'est adressé à nous l'a appelé Hans une fois.

— Encore lui ! s'écria Accardi, putain mais qui c'est ? Est-ce que quelqu'un a parlé de l'OAS pendant l'attaque ou pendant le partage ?

— Jamais, dit Tronéro, je ne touche pas à ça, moi, trop dangereux.

— Et pourtant mentit le commissaire Noël, il est possible que vous ayez fait le travail pour eux. Bon, maintenant parlez-nous de vos trois autres complices.

— On vous a dit qu'on ne les connaissait pas, vous êtes durs de la feuille ou quoi les « poulets » ?

— Tiens, prends-toi ça ! cria Biggi en le giflant, manques encore de respect au commissaire et je fais monter le « gros ».

— Du calme brigadier, ils vont peut-être pouvoir nous les décrire précisément. On vous écoute, messieurs.

— Déjà, il y en a deux qui se connaissent, un avec un accent pied-noir, son prénom c'est José, son copain l'appelle « la tchache », et lui son prénom c'est George.

— On nous déjà l'a signalé celui-ci, tu vois quand tu veux le « belge », vas-y décris moi ce George demanda gentiment Accardi. Mets Tronéro dans un autre bureau Patrick, demande-lui de te décrire les gars, ensuite on comparera.

On fit sortir le malfrat.

— Je t'écoute Stems, sois précis.

— Il s'appelle George, il est grand, 1,80 m, cheveux châtains tirant sur le roux, très frisés, très corpulent, il fait peur rien qu'à le voir tant il inspire la force, accent du midi, enfin pour moi tous les accents sont du midi.

— C'est tout ?

— Et l'autre, le pied-noir, à part son accent et son surnom ?

— Son prénom c'est José comme on a dit, le grand l'a appelé comme ça quand ils sont sortis du hangar pour aller chercher de quoi bouffer. Plutôt petit, très brun de cheveux et de peau, toujours excité parfois à la limite. Voilà c'est tout, j'espère que le juge en tiendra compte.

— Si vous lui répétez tout, comme vous venez de le faire, il en tiendra sûrement compte promis le commissaire. Faites entrer l'autre gugus.

Tronéro avait presque fait les mêmes descriptions que son complice.

— Bien il se fait tard, on va mettre tout ça au propre et raccompagner ses messieurs à leur chambre, veillez à ce qu'on leur donne à manger et à boire, avec tout ce qu'ils ont bavé ils doivent avoir soif. André, demain on monte aux sommiers, peut-être qu'avec ces descriptions on aura des réponses.

— OK patron, on s'en chargera avec Patrick, on a tout ce qu'il faut pour faire tomber le beau Simon, je pense. Tu ne trouves pas bizarre ces deux gars que personne ne connaît, que personne ne voit jamais, je suis sûr que le juge avec ces éléments va repenser à la piste OAS ou à une officine politique. Qu'en penses-tu ?

— Il y a des chances, peut être que le Tosi, avec ces témoignages, pourra nous en dire plus. On verra demain, ciao André, ciao Patrick ne gambergez pas trop cette nuit.

— On va essayer, répondit Le Pennec.

À Menton l'inspecteur Murat et ses hommes avait entrepris de faire le tour du quartier du commissariat en interrogeant chaque habitant du coin, le personnel de l'hôtel Mondial en face, le patron du bar l'Azuréen et les clients, et quelques mémés qui allaient faire leurs courses. Certains avaient vu une grosse voiture noire, immatriculée en Italie stationnée en face du commissariat, d'autres disaient qu'elle était grise et que c'était une Américaine avec quatre hommes à bord. Comme toujours rien de vérifiable. Derrière la poste, on avait retrouvé une Citroën Id 19, immatriculé dans les Alpes-Maritimes. Les relevés d'empreintes ne donneraient sûrement rien. Ce coup avait manifestement été préparé de main de maître.

Après avoir interrogé le personnel des deux hôtels où étaient descendus les malfrats, qui n'apprit rien de probant à l'inspecteur, celui-ci rendit compte de ces pauvres éléments à Accardi. Dans la matinée il repartit faire le tour des banques et de la poste, dans l'espoir d'y trouver un quelconque indice mais sans vraiment y croire.

À Nice, le lendemain matin, Accardi et Le Pennec se rendirent au hangar rue de Falicon avec les deux hommes qu'ils avaient dépêchés la veille. Ils y trouvèrent, la 403 noire avec des plaques de police, le fourgon postal, la « compteuse » à billets, des bouteilles de bière, des papiers d'emballage, de charcuterie, des mégots.

— Les gars, faites-moi le tour des épiciers du quartier et interrogez-les sur la journée du 4 janvier, posez les bonnes questions et vous aurez bonnes réponses. Patrick, on va quand même faire relever les empreintes et prendre des photos, on ne sait jamais. On va aller demander aux Glacières de Nice qui est le propriétaire de ce local, il a sûrement été loué par le biais d'une agence immobilière.

Le concierge de l'établissement leur indiqua que le local appartenait bien aux Glacières, mais il ne savait pas qui le louait, il fallait demander à la secrétaire. Après une courte recherche, celle-ci leur indiqua que c'est l'agence immobilière Azur Immo, place Carnot à Nice, qui se chargeait de la location.

— Merci, on rentre Patrick, mais d'abord on passe à l'agence.

Un quart d'heure plus tard, Le Pennec se gara en double file devant Azur-Immo et tous les deux entrèrent.

— Bonjour, Madame, Police, nous voudrions savoir qui a loué un hangar, situé Rue de Falicon au numéro 12, local appartenant au Glacières de Nice.

— Je vous en prie, asseyez-vous messieurs, il faut que je recherche dans mes fiches, ça ne prendra que quelques minutes. Voilà, il est loué du 1er décembre 1964 au 31 mai 1965, par une société belge « Les transports Bruxellois ». Par contre, c'est une société anversoise qui a payé les six mois d'avance par mandat postal, « les déménageurs anversois ».

— Ça sent l'arnaque à plein nez. Comment vous ont-ils contacté madame ?

— Si je me souviens bien, une personne a téléphoné, quelqu'un leur avait dit que notre agence était spécialisée dans la location de garage, hangar et locaux commerciaux.

— La personne qui a téléphoné avait-elle un accent particulier ?

— C'était une voix de femme, dit-elle après une assez longue réflexion, mais plutôt avec un accent du sud.

— On est mort, pensa Accardi, on ne retrouvera jamais le commanditaire. C'était donc un mandat en provenance de Belgique, pour quelle somme ?

— 800 francs par mois donc un mandat de 4800 frs.

— Comment avez-vous remis les clés au locataire ?

— Sur place, lors de l'état des lieux, début décembre. C'était un homme, avec un fort accent étranger.

— Ah, ça, c'est intéressant Patrick ! s'écria Accardi. Madame, pourriez-vous nous le décrire s'il vous plaît ?

— Plutôt grand, une barbe blond-roux, un léger embonpoint, de grosses lunettes de myope.

— Vous avez une bonne mémoire, madame.

— Je m'en souviens d'autant plus que j'ai eu beaucoup de mal à le comprendre, à cause de son accent.

— Est-ce que ça pouvait être un ressortissant allemand ?

— Oui, c'est possible ou un flamand.

— Pourquoi flamand ? s'étonna Le Pennec.

— Je suis allée en Flandre il y a deux ans et leur façon de parler ressemble à l'accent allemand. Mais je peux me tromper.

— Merci beaucoup dirent les deux policiers, vous nous avez été très utile. S'il vous revenait quelque chose, je vous prie d'appeler la PJ de Nice Inspecteur principal Accardi. Encore merci, vous avez une excellente mémoire.

En quittant l'avenue Carnot, les deux policiers se rendirent à la maison d'arrêt de Nice pour entendre à nouveau Simon Tosi, incarcéré depuis quelques jours sur ordre du juge d'instruction Rollond.

Celui-ci espérait que les policiers lui feraient admettre sa participation aux attaques de Menton. Grâce aux témoignages de Lefèvre, Tronéro et Stems, il avait déjà de quoi faire tomber le corse, mais il voulait vraiment savoir si cette opération quasi militaire ne venait pas de l'OAS. Il avait toujours un énorme doute à ce sujet et surtout parce que ce ne serait plus la même enquête à mener, il faudrait faire appel aux RG et à la DST et marcher sur des œufs. Les surveillants amenèrent Tosi dans la salle d'interrogatoire et celui s'assit face aux policiers en les toisant du regard :

— Alors les poulets, je suis sûr que je vous manquais déjà !

— Bonjour, Simon, ça va, ce n'est pas trop dur la tôle pour un sensible comme toi, ricana Accardi.

— Ce n'était pas la peine de vous déplacer, je n'ai toujours rien à vous dire.

— Mais nous on a plein de nouvelles pour toi, enchaîna Le Pennec. Tu as choisi deux équipes de choc pour le terrain, mais alors dès qu'on les bouscule un peu tes gars s'affalent comme des gonzesses !

— Je ne comprends toujours pas poulet, rien, nada, que dalle !

— Eh bien, on va t'expliquer, ironisa l'inspecteur principal. Tronéro, Stems et Lefèvre ont été très loquaces, ils t'ont balancé comme un seul homme, ils ont signé des deux mains leur PV d'interrogatoire. Même si tu ne parles pas, tu es bon pour quelques années de placard mon pauvre Simon. Par contre, si tu avoues, on parlera au juge Rollond, il nous fait confiance et nous écoute, il saura en tenir compte. On ne te demande même pas de nous donner tes complices, on les connaît. Réfléchis, ce serait con qu'il n'y ait que toi qui plonges.

— Je ne suis pas une balance, même si vous aviez vous cogné, je ne vous aurai pas balancé un nom.

Le silence se fit dans la pièce pendant un long moment, Tosi avait fermé les yeux et on croyait l'entendre réfléchir.

— Quelles garanties j'ai que vous ne bluffiez pas la flicaille, fourbes comme vous êtes.

— Tu veux lire les PV, on les a apportés, regardes bien c'est signé !

Au fur et à mesure qu'il lisait les PV, les inspecteurs le voyaient pâlir, ses mains tremblaient. On sentait qu'il se forçait à lire jusqu'au bout, puis sans un mot il rendit les papiers à Le Pennec.

— Bon ça va j'y étais, mais on n'a fait du mal à personne vous le savez ça !

— Le juge tient absolument à savoir si ça n'est pas une commande de l'OAS.

— Mais je n'en sais rien, moi, j'ai été contacté par un gars, je ne l'ai jamais vraiment vu, je n'ai fait que l'entrevoir dans la pénombre. Toutes les directives m'étaient données par téléphone, je peux juste vous dire qu'il avait un accent étranger, allemand je dirais.

— Tout ça, on le sait, et sur l'autre que peux-tu nous dire.

— Rien, je n'ai entendu que sa voix, pas d'accent particulier, mais je suis sûr qu'il la travestissait, elle ne semblait pas naturelle. Je ne connais ni son nom ni son prénom.

— Tu répéteras tout ça devant le juge, sinon tu plonges pour un paquet Simon, le juge Rollond dira que vous êtes des terroristes travaillant pour l'OAS et là c'est plus le même tarif.

— Si on l'a fait, c'est à notre insu, je ne suis pas fou, je ne trempe pas dans ces combines c'est un coup à se faire tirer à vue. Je le répéterais au juge, mais vous n'oubliez pas votre promesse.

— Parole d'homme, conclut Accardi.

De retour dans sa cellule, Simon s'écroula sur son lit. Heureusement qu'il y était seul, il se trouvait dans un tel état qu'il n'aurait pas pu supporter qui que ce soit. La fine équipe qu'il croyait avoir réunie n'était qu'un ramassis de « donneuses », chacun voulant sauver sa gueule. En tôle, il allait faire une belle publicité à Tronéro et à Stcms, deux braqueurs de première mais qui s'affalent à la première beigne. Dominique et Hans avaient bien fait de ne pas se montrer, sinon ils seraient en cavale ou au placard comme lui.

De retour à la PJ, les deux policiers consignèrent les aveux et Le Pennec appela le juge pour lui annoncer la bonne nouvelle. Puis il monta au fichier avec l'inspecteur stagiaire Legrand pour essayer d'identifier les deux autres complices.

— Tiens c'est toi aujourd'hui Yvon, comment vas-tu ?

— Ça va, Patrick, qu'est-ce qui t'amène ?

— On cherche deux truands qui ont participé aux casses de Menton. Sors les notes Marc.

— Alors, énonça Legrand, le premier, un pied-noir, surnom « La tchache », accent très prononcé, petit très brun, toujours excité. Le second, prénom George, grand 1,80 m environ, cheveux châtains tirant sur le roux, très frisés, très corpulent, une tête à faire peur, il paraît, peut-être l'accent du midi. Voilà, vous avez ça en magasin, ironisa le jeune homme.

— Bien sûr petit, et il te les faut pour quand les identités, pour hier, ricana Yvon Prulin, le préposé aux fiches signalétiques. Pour le pied-noir, c'est plus facile, j'en ai plein mes tiroirs depuis 61, il faut dire que quitter le pays où on a toujours vécu et se retrouver sans maison sans un rond, ça doit être terrible. Je vais m'y mettre tout de suite

Patrick, je t'appelle dès que j'ai quelque chose, mais la « Tchache » ça me dit quelque chose. On va trouver les gars.

Pendant ce temps, deux policiers avaient fait le tour des épiciers dans le quartier de Falicon. Ils revinrent avec des signalements correspondants à ceux fournis par les malfrats mais rien de plus.

— Donc on n'est pas plus avancé, se désola Accardi.

En fin d'après-midi, Prulin appela Le Pennec, il avait identifié José Ramos mais il butait sur le fameux « George ».

— Écoute Patrick, c'est un bel excité de la gâchette ton pied-noir, c'est étonnant qu'il n'ait pas utilisé son flingue à Menton. C'est un ancien des commandos « Delta », tu en as sûrement entendu parler de ces gars qui ne voulaient absolument pas quitter l'Algérie. Il est condamné à mort par contumace, il a dû s'en faire quelques-unes des banques à Alger ou à Oran, l'OAS s'est souvent financé en braquant. Quant à l'autre je cherche toujours, mais s'il n'a rien fait dans le sud, je n'aurai rien, faudra voir avec Interpol ou à la PJ de Paris peut-être.

— Merci, Yves, je vais faire rechercher José Ramos et faire passer le signalement du fameux George à toutes les polices et les gendarmeries, avec un peu de chance on l'aura.

Le Pennec informa aussitôt le commissaire Noël et André Accardi son supérieur, de la trouvaille de Prulin.

— Bien Patrick, tu vois on retombe encore sur l'OAS, ce qui va conforter le juge dans son jugement. Je l'appelle pour qu'il lance un mandat d'amener national contre ce José Ramos considéré comme extrêmement dangereux, puis je joindrai aussi Interpol et Paris pour leur signaler ces deux individus. On ne sait jamais.

Mathieu Vonner dînait chez Brigitte, quand Dominique appela.

— Bonsoir, Doumé, oui Matt est là, tu veux passer ?

— Non, j'ai un peu de monde et mon chef cuisinier est en congé cette semaine, alors je me tape tout. Enfin, c'est la vie. Demande-lui de me rappeler, c'est urgent, ou même mieux, venez prendre le digestif au restaurant, on pourra discuter plus au calme.

— C'est d'accord, à tout à l'heure.

Brigitte et Mathieu terminèrent tranquillement leur repas et quittèrent Cimiez pour descendre sur le port de Nice.

Le restaurant se vidait quand ils arrivèrent, Doumé sortit de sa cuisine, prévenu par son épouse, vint les accueillir et les installa à une table.

— Vous auriez dû venir dîner ici, j'avais du poulpe en plat du jour, je l'avais particulièrement réussi. On va boire notre Cédratine quand même.

— Dommage, regretta Brigitte, une autre fois peut-être pour le poulpe.

— L'alsacien, j'ai des nouvelles des condés. Les deux gugus flambeurs ont balancé Simon et deux autres de la 2e équipe, Ramos « la tchache » et le gros George Fagre. Simon a été obligé d'avouer sa participation aux braquages, sinon le juge le faisait plonger comme terroriste, en lien avec l'OAS. Il a l'air têtu, ce juge, il y croit. Je réponds de Simon comme de moi-même il ne dira plus rien, il a fait un marché avec les poulets, j'avoue mais je ne donne personne. Demain, il va chez le juge, j'en saurai plus après, j'ai un contact chez les matons. Je vais essayer de lui faire passer du fric, en tôle ça aide, je sais qu'il a planqué sa part de Menton à Marseille chez un ami sûr, un Corse. Je vais faire contacter quelques gars en prison pour lui assurer une protection, on ne sait jamais en prison où il y a tout en tas d'excités.

— J'ai confiance en Simon comme en toi Doumé. Finalement, sur les six, il n'en reste plus qu'un qui ne soit pas identifié.

— Chardon, celui-là, il a dû se mettre au vert depuis longtemps. Quand je pense aux deux cons qui se sont mis à flamber, une semaine après une affaire comme celle de Menton, et dans une boîte à la mode en plus. Il y'a toujours un flic de la mondaine ou un indic qui traîne dans ces endroits.

Quelques jours plus tard, George Fagre et José Ramos, roulaient vers Saint-Rémy-de-Provence, quant à l'entrée de la petite cité, ils virent un barrage de gendarmerie. Un braquage venait d'avoir lieu au Crédit Agricole de Châteaurenard et toutes les routes étaient surveillées. Ces deux truands étaient inséparables depuis la guerre d'Algérie. Fagre était parachutiste dans le bataillon de Bigeard et Ramos, partisan acharné de l'Algérie française, vivait de petit braquage et de deux filles qu'il avait mises sur le trottoir. Après la « bataille d'Alger » et le rappel du général Massu en métropole, Fagre avait déserté et rencontré Ramos dans un bar où se réunissaient beaucoup de partisans de l'OAS, ils étaient tout de suite devenus amis et inséparables. Depuis leur retour en métropole en 1962, ils vivaient de braquages, de racket et de la prostitution. Ils avaient même fait une seule part du butin de Menton, bien planqué dans une de leur cache.

— Accélère George, hurla La tchache, ce n'est peut-être pas pour nous, mais on est enfouraillé, s'il fouille la bagnole, on est bon pour le ballon. Fonces putain !

Fagre accéléra, évita de justesse la 4 L des gendarmes qui se mirent aussitôt à ouvrir le feu croyant avoir affaire aux braqueurs, mais une des balles toucha le pneu arrière de la 404 Peugeot des deux truands qui finit violemment sa course contre un platane. À l'arrivée des militaires, Fagre était blessé mais José Ramos mort sur le coup. Le gros George fut hospitalisé à l'Hôtel-Dieu à Marseille et le corps de Ramos transporté à la morgue. Le surlendemain les deux truands furent identifiés grâce à leurs empreintes et la PJ de Nice fut prévenue.

— Brigadier, pouvez-vous demander à Accardi de monter me voir rapidement s'il vous plaît ?

— Bien commissaire.

Dix minutes plus tard, l'inspecteur principal pénétrait chez le commissaire Noël.

— André, il y a eu une fusillade à un barrage de gendarmerie à Saint-Rémy-de-Provence, ce n'est pas loin d'Aix, et nos amis gendarmes ont dû tirer ils croyaient avoir affaire à des braqueurs de banque. À bord du véhicule il y avait George Fagre et José Ramos, deux des truands de Menton. « La tchache » est mort sur le coup, le gros George s'en tire avec des côtes cassées. La PJ de Marseille a eu accès à leurs affaires, ils ont trouvé dans le holster de Ramos et dans le portefeuille de Fagre un numéro d'immatriculation identique, noté sur un petit bout de papier mais écrit de la même main. J'aimerais bien savoir pourquoi, pas toi ? Il faut absolument retrouver à quoi il correspond.

— Tu as raison Christian, deux gars qui ont participé aux casses de Menton, ça devient intéressant. Que dit le gros Fagre à ce propos ?

— Rien, pas un mot, il nie même avoir participé aux casses.

— On peut le faire transférer à Nice ?

— Le juge vient d'en faire la demande, on devrait l'avoir demain. Il a demandé aux services de la préfecture, à quoi correspondait ce numéro, on aura la réponse rapidement.

Le lendemain, George Fagre arrivait, encadré des policiers marseillais, il donnait l'impression de souffrir énormément.

— Bonjour, Fagre, comment vont tes cotes, tu ne souffres pas trop ? Il paraît que c'est très douloureux.

Celui-ci ne répondit pas, mais son regard en disait long sur ce qu'il pensait de la police.

— Bien, je vois que tu as décidé d'être causant aujourd'hui, ironisa Le Pennec, mais je sens que tu vas répondre quand même, malgré ta corpulence tu ne fais pas le poids George !

— Je t'emmerde, toi et tous les poulets de France réunis.

— Tu vois que tu causes ! Je suis désolé pour ton ami José, mais nous n'y sommes pour rien.

— Qui ça ? La mort de son ami l'avait profondément affecté, mais il serrait les poings pour ne rien montrer aux policiers.

— Ton passager, celui qui est mort par ta faute. Il faut s'arrêter aux barrages et non pas foncer comme un débile, c'est toi qui l'as tué, renchérit Accardi.

— Je ne le connais pas, je l'ai juste pris en stop, je ne l'avais jamais vu avant, mes freins ont lâchés et je ne pouvais plus m'arrêter.

— Ah, au temps pour moi, ironisa l'inspecteur. Ce qui est étrange, mais tu vas sûrement pouvoir nous l'expliquer, c'est que l'on a trouvé sur Ramos et sur toi, un numéro de téléphone écrit de la même main. C'est évidemment une coïncidence.

— On les a trouvés dans la bagnole ces papiers et cette caisse je l'ai piquée à Avignon, rétorqua-il après une courte réflexion.

— On va procéder à une expertise graphologique, on verra bien qui a écrit, rétorqua Le Pennec.

— Ça va être facile de faire écrire un mort, ricana le gros George.

— Ne te fais pas de souci pour ça, José a bien dû laisser traîner quelques papiers dans une de ses planques. Bien ! en attendant, peux-tu me dire où tu étais le 4 janvier ?

— Tu me fais bien rigoler poulet, je ne me souviens pas ce que j'ai fait hier, alors le 4 janvier encore moins !

— Tu vois je suis gentil, ironisa Accardi, je vais te le dire où tu étais avec dix témoins pour le confirmer. Tu braquais une banque et la poste de Menton, avec tes amis José Ramos, Michel Tronéro, Hugo Stems dit le belge, Pierre-Simon Tosi, il ne nous en manque plus qu'un, peut-être que tu vas nous dire qui c'est.

— Allez-vous faire « foutre » la volaille, je n'ai rien fait.

— Même le réceptionniste de l'hôtel va te reconnaître mon gros. Un de tes complices nous a gentiment donné les noms des hôtels où vous êtes descendus la veille, en vous faisant passer pour des employés de la société « Escota ». Il t'a parfaitement décrit, il faut dire que tu ne passes pas inaperçu « gros George ». Toi qui as été un soldat exemplaire, Indochine, Algérie, pourquoi es-tu allé te fourrer dans une merde pareille ?

— Les politiques nous ont baisés, on n'a pas supporté, c'est tout, je crois que vous auriez fait pareil. C'est tout ce que j'ai à vous dire.

— Biggi, descends-moi ça au trou, enlève-lui sa ceinture, ses lacets, ses clopes et son briquet. Un jour ou deux sans fumer c'est bon pour les bronches.

— Vous n'avez pas le droit, fumiers de flics.

— En plus le juge Rollond, va vous faire tomber pour braquages, violence sur des représentants de la loi, association de malfaiteurs en relation avec l'OAS, putain vous allez prendre très gros, facile quinze ans. Notre Président de la République a un gros contentieux avec ces terroristes et si le jour du procès le procureur est mal luné, ça pourra aller jusqu'à vingt ans. Et pour toi on va rajouter désertion. Qu'en dis-tu, Fagre ? intervint Le Pennec.

— On va te laisser réfléchir dans ta cellule, la nuit porte conseil. Allez, Biggi, descends-le, ordonna Accardi.

Fagre se laissa emmener, complètement abasourdi en traînant sa peine d'avoir perdu son seul ami. Le lendemain matin, le commissaire Noël fit monter Accardi et Le Pennec dans son bureau.

— Bonjour, les gars, le numéro d'immatriculation correspond à une 404 Peugeot dont le propriétaire est restaurateur à Nice sur le port, « A casa Corsa ». Il s'appelle Dominique Murati, il est inconnu de nos services, j'y ai déjeuné plusieurs fois il y a toujours beaucoup de monde, franchement je ne le vois pas braquer ou organiser un coup pareil. On lui a peut-être emprunté sa voiture tout simplement.

— On va aller voir, Christian, qui sait, de nos jours tout est possible. On est parti « Breton ». On vient te rendre compte plus tard patron !

Les deux inspecteurs se présentèrent vers 10 h au restaurant de Dominique, ils durent patienter un bon quart d'heure celui-ci était au marché. La patronne leur offrit un café, en le dégustant, ils se demandaient comment ils devraient procéder.

— On y va franco, suggéra Le Pennec, on lui parle d'entrée de Ramos et du « gros ».

— Essayons cette méthode, on verra bien.

Sur ces entrefaites, Dominique entrait dans l'établissement.

— Bonjour, messieurs, qui puis-je faire pour vous ?

— Inspecteur principal Accardi et Inspecteur principal Le Pennec de la PJ de Nice.

— La PJ ! j'ai dû faire quelque chose de grave, vous ne vous dérangez pas pour rien en général.

— Monsieur Murati, connaissez-vous José Ramos et George Fagre ?

— Laissez-moi réfléchir ! Ces noms ne me disent rien, mais peut-être que ce sont des clients de mon restaurant, il passe beaucoup de monde dans mon établissement, vous savez, sans me vanter j'ai un excellent chef en cuisine.

— On a trouvé sur eux le numéro de votre plaque minéralogique, pouvez-vous nous expliquer pourquoi ?

— Je vous avoue que je suis stupéfait par ce que vous m'apprenez ! Non, je n'ai aucune explication à vous donner.

— Où se trouve votre voiture en ce moment ?

— Dans mon garage comme d'habitude, je ne m'en sers pas souvent, je fais le marché avec ma camionnette. Vraiment, je ne sais quoi vous dire.

— Où étiez-vous le 4 janvier au matin, monsieur Murati ? continua Le Pennec.

— Je devais être ici comme d'habitude, je pense, ou au marché comme chaque matin.

— Il faudrait être certain, monsieur, renchérit Accardi en haussant le ton.

— Dites donc, messieurs les policiers, ne prenez pas ce ton agressif, je n'ai rien d'autre à vous dire si ce n'est que je fais tous les jours la même chose. Si vous voulez bien m'excuser, j'ai du travail.

— Si vous le prenez sur ce ton, nous allons vous demander de nous suivre à la PJ.

— Rien que ça ! je vous suis mais je vais d'abord appeler mon avocat pour le mettre au courant de cette arrestation arbitraire.

— Suivez-nous sans faire de manières, si vous n'avez rien à vous reproché, tout cela devrait aller vite, insista Accardi.

— Angèle, préviens Maître Suzzoni que je viens de me faire arrêter par la PJ de Nice, sans raison. Je vous suis messieurs, notez-le bien contre mon gré !

Dès que les trois hommes furent partis, l'épouse de Dominique appela l'avocat pour lui relater l'arrestation de son époux, puis elle joignit Brigitte afin qu'elle prévienne Mathieu.

Aussitôt arrivé au commissariat, Le Pennec demanda qu'on fasse monter Fagre dans le bureau.

— Fagre, je te présente monsieur Murati, mais je sais que tu le connais déjà non ?

— Vous commencez à me gonfler les poulets, je n'ai jamais vu ce mec, ramenez-moi dans ma cellule que je vois plus vos sales gueules.

— Tu as tort « gros », on va te « charger » au maximum, hurla Accardi.

— Il faudra d'abord prouver ce que vous dites, bande de connards. Ce n'est plus la peine de m'interroger, je n'ouvrirai plus la bouche, sauf pour vous dire « merde ».

— Biggi, ramène-moi ce con dans sa cage.

— Messieurs, je trouve que vous avez une drôle de façon de parler aux gens, j'en ferai part à mon avocat dès qu'il arrivera.

— Alors monsieur le restaurateur, ironisa « le breton », vous nous expliquez pour ce numéro ?

— Je pense que je vais adopter la tactique de votre prisonnier, je vais rester muet. Vous savez j'ai passé quatre ans dans un « stalag », très souvent au cachot, alors à côté des Allemands vous êtes des enfants de chœur. Voilà, je vous ai tout dit, bonne journée messieurs.

Les deux policiers restèrent interloqués devant cette attitude à laquelle il ne s'attendait pas.

— Breton, je monte voir le patron, garde-le au chaud.

En entrant dans le bureau du commissaire, Accardi le trouva en grande discussion avec un visiteur.

— Entre André, je te présente Maître Suzzoni du barreau de Nice et avocat de Dominique Murati. Il paraît qu'il est détenu dans nos locaux ?

— Détenu, c'est un bien grand mot, il est là en tant que témoin pour le moment.

— Qu'entendez-vous par pour le moment, s'insurgea l'avocat.

— Il refuse de répondre à nos questions.

— Ce n'est pas tout à fait vrai inspecteur, son épouse m'a dit qu'il avait répondu, elle a entendu toute votre conversation. Que lui reprochez-vous en fait ?

L'inspecteur lui relata l'histoire du numéro d'immatriculation trouvé sur les deux truands.

— Et ça fait de lui un complice ? le coupa Maître Suzzoni. Et ça ne vous ai pas venu à l'esprit qu'on ait pu lui emprunter son véhicule sans qu'il ne s'en rende compte et le remettre à sa place ! Il ne s'en sert pratiquement jamais.

— Dis-moi André, vous l'avez confronté à Fagre ? intervint Noël.

— Oui, il affirme ne pas le connaître.

— Qui est ce Fagre, commissaire ?

— Un des supposés braqueurs de Menton, vous avez dû en entendre parler de cette affaire.

— Bien sûr, ça a fait les gros titres pendant des jours. Donc messieurs les policiers je crois que je peux repartir avec mon client, il n'a rien à voir avec cette histoire votre témoin ne le reconnaît pas donc ça ne peut être qu'un malentendu n'est-ce pas ?

— Je pense que pour le moment il peut rentrer chez lui, mais il reste à la disposition de la justice évidemment.

— Nous verrons cela avec le procureur si vous le voulez bien. Bonne journée, messieurs, dites-lui que je l'attends dans le hall d'entrée.

En le voyant partir, Accardi se mit à bouillir de rage.

— Tous les mêmes ces « baveux » !

— Calme-toi André, on n'a rien et Maître Suzzoni est une figure très connue, il a « l'oreille » du procureur, ils jouent au bridge ensemble. Allo, Patrick, fais raccompagner monsieur Murati, son avocat l'attend dans le hall, se désola le commissaire.

Quand Dominique pénétra dans son restaurant, Mathieu et Brigitte étaient attablés en train de boire l'apéritif.

— Alors Doumé, que s'est-il passé ?

— Fagre et « la tchatche » ont forcé un barrage de gendarmerie, ils se sont plantés dans un platane, Ramos est mort sur le coup. Les condés ont trouvé dans leurs affaires mon numéro minéralogique écrit sur deux bouts de papier. Je pense qu'ils nous ont épiés quand nous sommes sortis du hangar le jour du partage, et Ramos qui était assez vicieux pour ça, a dû noter mon numéro. On m'a confronté à Fagre, il est resté muet.

— Tu as raison, le José n'avait pas digéré le partage. En tous cas, « le gros George » a été réglo, il aurait pu « baver » ta présence aux flics, souligna Mathieu, on va faire quelque chose pour lui, on va lui trouver un très bon avocat, il le mérite. Dès qu'il sera transféré, fais-le prévenir qu'on va s'occuper de lui suggéra Vonner.

# Épilogue

Six mois plus tard, Mathieu, Brigitte, Dominique et son épouse Angèle étaient attablés au restaurant d'Ange à Propriano, où ils dégustaient de merveilleuses langoustes. Le temps était parfait et ils profitaient pleinement de ce moment.

Tosi et ses complices allaient être renvoyés devant la cour d'assises d'Aix-en-Provence, pour attaque à main armée, violences, séquestration, voie de fait sur personne détentrice de l'autorité publique et association de malfaiteurs. Ils encouraient dix ans de prison. Dominique et Mathieu avaient engagé deux ténors du barreau de Marseille, pour assurer la défense de Simon Tosi et de George Fagre. Leurs honoraires seraient réglés par l'intermédiaire d'un compte à numéro d'une banque de Zurich, Mathieu avait fait le nécessaire.

Le juge Rollond avait tenu la promesse que les officiers de police avaient faite à Simon, de fait il n'était pas poursuivi pour terrorisme, et aucun de ses complices également, c'est à peine si le procureur l'évoqua. Une certaine presse se déchaîna contre le laxisme de la justice, persuadée à tort que l'affaire avait été étouffée pour qu'on ne parle ni d'une quelconque officine politique ni de l'OAS. Le Général de Gaulle venait d'être élu pour un second septennat à la présidence de la République.

En janvier 1967, Pierre-Simon Tosi, Christian Tronero, Hubert Stems (Dit le Belge) et George Fagre étaient condamnés à 8 ans de prison ferme. L'accusation de voies de fait sur personne détentrice de l'autorité publique fut abandonnée, en effet les accusés ne pouvant pas avoir été présents en même temps au commissariat de Menton et dans les banques ou la poste. Simon purgera les trois premières années à la prison de la Santé à Paris, puis son avocat se battra pour le faire transférer à la maison d'arrêt de Nice. Il en sortit au bout de quatre ans pour bonne conduite.

René Lefèvre dit « l'estaque », Paul Colombani et Marc Véran et les frères Lourmis écopèrent de deux ans, dont six mois avec sursis pour insulte à magistrats et complicité d'association de malfaiteurs. À sa sortie de la prison des Baumettes, René Lefèvre disparu de Nice ainsi que Mado la rouquine qui l'avait attendu. Il acheta une licence de taxi à Lyon, travailla honnêtement jusqu'à qu'il se tue avec sa compagne dans un accident de la route une dizaine d'années plus tard, pendant des vacances en Espagne. Simon Tosi retourna s'installer en Corse, il acheta un bar-restaurant à l'île Rousse où il resta quelques années, mais l'adrénaline de sa vie antérieure lui manquait. Il prit le bateau et regagna Marseille où on perdit sa trace. Il ne retournera jamais en prison. Mathieu Vonner ne fut jamais inquiété, il vendit ses appartements de Monaco et Menton, acheta une villa à Propiano et alterna entre La Corse et Nice avec Brigitte. Mais au bout de quelque temps, l'envie de bouger le reprit avec toujours le même leitmotiv « je ne supporte pas de vivre comme un petit rentier, je suis encore jeune ». Et malgré son attachement à Brigitte, il décida de repartir vers la seule chose qu'il savait faire depuis qu'on lui avait « volé » ses ambitions de jeunesse, se battre. En 1967, la sécession du Biafra avec le Nigéria avait entraîné une horrible guerre civile, Mathieu s'engagea comme mercenaire coté biafrais. Avant de partir, il laissa chez son notaire monégasque un testament olographe dans lequel il notifiait qu'il laissait à Brigitte Croos la totalité de ses biens. Il joignit à ce testament une lettre manuscrite à remettre au commissaire de la PJ de Nice.

— Moi Mathieu Vonner, sain de corps et d'esprit, je déclare être l'instigateur des casses de Menton du 4 janvier 1965. J'ai pensé et exécuté en partie ce que j'appelle un « fait d'armes ». Mon complice est décédé aussi je tairais son nom pour ne pas nuire à sa mémoire Mon amie Brigitte Croos n'était et n'est toujours pas au courant de cette aventure, à vous de voir si vous devez la lui révéler. En revanche, demandez-lui de vous raconter ma jeunesse, d'où je viens, peut-être que vous comprendrez pourquoi j'ai agi ainsi.

Fait à Nice le 12 juin 1967

Mathieu est mort dans une embuscade au début du mois de décembre 1967 et son corps rapatrié en France. Il fut enterré à Nice dans le caveau de la famille Croos. En décembre 1969, juste avant les fêtes, le commissaire Christian Noël reçut le courrier du notaire. Aussitôt, il demanda un rendez-vous à Brigitte, elle fut étonnée quand il lui demanda de raconter l'histoire de Mathieu, mais acquiesça à sa demande.

Dominique Murati, quelques mois plus tard, vendit son restaurant et retourna dans sa Corse natale auprès de son ami Ange, tous deux orphelins de leur ami.

Patrick Vounters, avec qui tout avait commencé, fut condamné à 1 an de prison ferme et 6 mois avec sursis. Il travailla quelque temps comme pompiste dans une station de Roquebrune-Cap-Martin, puis après le décès brutal de sa mère, il partit s'installer chez son père en Norvège, pays d'où il était originaire.

Imprimé en France
Achevé d'imprimer en avril 2023
Dépôt légal : février 2023

Pour

Le Lys Bleu Éditions
40, rue du Louvre
75001 Paris